きのこの谷の、その向こう

Waki Nakura
名倉和希

CHARADE BUNKO

Illustration

小山田あみ

CONTENTS

きのこの谷の、その向こう ———— 7

あとがき ———— 233

重低音のエンジン音を林道に響かせて、流線型の黄色い車体が木々の間を走り抜ける。やがて道は舗装ではなくなり、幅《はば》も車一台がやっとという狭さになった。ポルシェはゆっくりと減速して、やがて停車する。

右側の助手席にいた内野真佐人《うちのまさと》は、窓から外を眺めてため息をついた。左側の運転席でハンドルを握る弟の昭良《あきら》が振り返る。整った顔に茶髪とピアスの弟は、現在、日本国内でアイドル顔負けの人気を誇るバイオリニストだ。その音楽家が子供っぽいニヤニヤ笑いを浮かべて、真佐人の肩をポンと叩いた。

「ほら、早く行けよ。ぼやぼやしていたら日が暮れるぞ」

「本当に行かなくちゃダメか？」

「ダメに決まってんだろ。真佐人は賭けに負けたの。一人で松茸狩りっていうのが罰ゲームだろ。大丈夫だって、携帯でＳＯＳしてくれればここまで迎えに来るから」

「ちゃんと来てくれるんだろうな」

不貞腐《ふてくさ》れたように念を押す真佐人は、今年二十五歳でありながら二十歳そこそこの大学生にしか見えない癒し系の顔を不安そうに揺らす。昭良の方が二つも年下には見えないのは、真佐人のこの容姿だけでなく頼りなさが表情やしぐさ全般に出ているからだろう。

真佐人はピアニストだ。実年齢より若く見える真佐人がタキシードを着てグランドピアノの前に座ると、海外では特に「精一杯頑張っている少年」だと揶揄《やゆ》をこめて言われることがある。悔しいがあながち外れてもいない表現なのでなにも言えない。そういうときは演奏で黙らせる。真佐人と昭良のコンビは、耳の肥えた海外のマニアをも唸《うな》らせるほど息が合っているのだ。

「俺が真佐人を置いて一人で勝手に東京に帰るわけないだろ？」

「本当に麓《ふもと》で待っててくれよ」

「わーかってるって。タイムリミットは日没だ。行け、ＧＯ！」

真佐人は渋々ながらも車を降りた。湿った土と木の匂いがする。空調がきいていた車内と比べて、山の中の空気はすこしひんやりしていた。もう十一月も終わりだから、山間部は気温が低いだろうと予想していたが、思っていたよりも寒いのかもしれない。

真佐人は自分の出《い》で立ちを見下ろした。ビンテージ物の革ジャンとデニム、足元はショートブーツ。頭にはテンガロンハットを被《かぶ》っている。先月、ＬＡに行ったときに買ったもので、お気に入りのハットだ。

革ジャンのポケットに入れた携帯端末を手で確かめる。ポルシェは十メートルほど先の道幅が広い場所でＵターンし、真佐人の前に戻ってきた。ウインドウを下げて、「これ持っていけ」と昭良がペットボトルのミネラルウォーターを差し出してくる。肌寒いくらいなのだから水なんていらないのではと思ったが、受け取っておいた。

昭良はウインクをしながら片手の親指を立てる。

「グッドラック！」

能天気にそれだけ言って、昭良はご機嫌な様子でエンジンをふかし、林道を去っていった。ドルドルと低く響く車のエンジン音が聞こえなくなると、あたりはしんと静まり返る。

真佐人は不安いっぱいの目で人っ子一人いない周囲を見渡した。ここに来るまで、まったく人影を見なかった。真佐人は正真正銘《しょうしんしょうめい》、一人きりなのだ。

都会生まれの都会育ち、おまけに山登りの経験など皆無の自分が、装備もなにもなく普段着で松茸狩りと称して山に入ることの無謀《むぼう》さは、なんとなく感じている。けれど兄弟の間で、罰ゲームの遂行《すいこう》は重要なミッションだった。二人きりの兄弟で、お互いに支え合って生きてきたからか、多少無理な任務でも頑張って完遂するのが愛情の証《あかし》みたいになっているのだ。

もちろん、チャレンジしてみて無理だと思ったらギブアップしていい。ただし一度も挑戦せずに降参することは男らしくないからと、許されなかった。今回も松茸が見つからなくて、どうしてもどうしてもミッションをクリアできなければ、昭良は「しかたがないな」と笑って迎えに来てくれるだろう。そして後日、もうすこし簡単な、ちがう罰ゲームを考えて真佐人に提示してくれるにちがいない。

「……とりあえず、やってみようかな」

ひとつ息をつき、真佐人は道を逸《そ》れて山の斜面へと分け入っていった。

その四時間後――真佐人は薄暗くなってきた山の中をさ迷っていた。

最悪なことに雨が降ってきた。パラパラと軽い音をたてて帽子に落ちてくる雨粒を、真佐人は恨めしく見上げる。

「なんだよ、もう。お気に入りが濡れるじゃないか」

テンガロンハットの心配をしている場合ではないのだが、真佐人にとっては重大事だった。

「ブーツも汚れちゃうなぁ」

足元を見下ろせば、降り積もった落ち葉を踏みしめている本革のショートブーツに泥がついている。そのブーツが踏んでいるふわふわじめじめとした感触の地面は、とても頼りなかった。

「革ジャンなんか着てくるんじゃなかった」

雨なんて最悪だ。それ以上に最悪なのは、日が暮れてきていることだった。

「あーあ、もう……」

真佐人は憂鬱《ゆううつ》なため息をつき、周囲を見渡す。見渡す限りの木々。根元の直径が五十センチから一メートルはありそうな立派な木が多い。杉は青い葉が茂っているが、その他の落葉樹はほぼ裸の状態で、地面に大量の葉を積もらせていた。はるか頭上には薄暗くなりつつある空が見える。

「ここはどこだよ！」

ポケットから取り出した携帯端末を覗《のぞ》くと、やっぱり圏外になっている。さっきから何度確かめても圏外。現代の日本で携帯端末が使えない地区があるなんてこと、想像もしていなかった。

「マジでどこだよ……」

携帯端末が使えないと気づいたときに、真佐人は山を下りようと決めた。だがどこをどう歩いてきたのかわからなくて、林道に戻ろうとしたが結果的にますます迷った。山の斜面に立ち尽くし、ここからどう進んでいいのか、さっぱり見当がつかなくなっている。

「これってさ、遭難《そうなん》……？」

認めたくないが、そうとしか表現できない状況ではないだろうか。まさか自分が遭難するとは。

夜になっても連絡がなければ、昭良はどうするだろう。警察に通報するだろうか。クラシック界のホープ、内野兄弟の兄である真佐人が山に松茸狩りに行って遭難——なんて、マスコミが飛びつく。これだから温室育ちの坊ちゃんは、と澄ました顔のコメンテーターにこきおろされる場面まで想像できて、真佐人はげんなりした。

だがしかたがない。このままでは戻れない。遭難したのは事実だ。警察に通報したからといって、夜の間は捜索なんてできないことくらい、無知で無学の真佐人にだってわかる。もう野宿は覚悟しなければならないのかもしれない。ものすっっっごく嫌だけど。この雨の中、濡れた落ち葉の上に敷きものもなく座らなければならない、夜を明かさなければならないなんて、想像しただけで泣きたくなる。野宿なんて悪夢だ。

「昭良ぁ、お腹が空いた、マジ空いた、寒いし足痛いし、熱い風呂に入りたい、せめてシャワー、もう歩きたくない……マッサージしてくれ……」

ぶつぶつと念仏《ねんぶつ》のように欲望を唱《とな》えながら、真佐人はふたたび歩きはじめた。じっとしていたら寒いからだ。しだいに雨足が強くなってくる。つばの広いテンガロンハットのおかげで頭部が濡れないのだけはありがたい。革ジャンも、いまのところ雨粒を弾いてくれていた。おそらく気温が急激に下がっているのだろう。気がつくと口元で、吐く息が白くなっていた。

「なんでこんなに寒いんだよ……」

十一月下旬の山って、こんなに寒いのか――と、真佐人は本気で涙が出そうになった。あたりはゆっくりと暗くなってくる。月でも出ていればまだ視界はきくだろうが、あいにくの雨模様ではそれは望めない。きっと三十分もしないうちに真っ暗になるだろう。

「昭良、昭良ぁ」

心細くて、真佐人は半泣きになりながら弟の名前を呼んだ。麓のどこかにポルシェをとめて、昭良は連絡を待っているはず。

「松茸はなかったよ、ごめん、ミッション失敗、帰ったらなんでもするから、もう許して」

親の再婚で昭良と兄弟になったのは、いまから十八年前。一人っ子だったので兄弟ができたのは嬉しかった。昭良もそうだ。

以来、二人はずっと一緒だった。仕事もプライベートも一緒。いまは都内のマンションで二人暮らしをしている。あの居心地のいいマンションに帰りたかった。片付けが下手な真佐人のために、昭良はいつも部屋の中を整理整頓してくれていた。

食事も作ってくれる。掃除だけは定期的にハウスクリーニングを頼んでいるが、ほとんどは昭良がやってくれていた。外見はとてもチャラいのだが、じつは家庭的な男なのだ。

昭良がいないと真佐人はなにもできない。一人で山の中をさ迷う現状は、真佐人にとって最悪だった。真佐人が寂しがり屋なのを知っていて、昭良は罰ゲームを『一人松茸狩り』なんてものにしたのだろうが……。

「もう、もう賭けダーツなんてしない。昭良のバカ、昭良のバカ野郎ーっ！」

鬱憤《うっぷん》を晴らそうと思い切り空に向かって怒鳴った、そのときだった。

「あわわわわわわ――――――っ！」

ブーツの下で落ち葉がずるっと滑った。踏ん張ったが、そのまま足元が崩れる。斜面で滑ったらどういうことになるか、登山初心者の愚か者である真佐人はこのとき知った。尻もちをついた真佐人の体は落ち葉の上を勢いよく滑り落ちたのだ。

「わーっ！　わーっ！　わわわわわ――――っ！」

止まらない。天然滑り台は優秀すぎて、真佐人の落下スピードは上がっていき、しまいにはごろんごろんと大玉のように回転しながら落ちた。

ガツンと体のどこかに衝撃があり、一瞬、息が止まる。どこをどう打ったのかわからないが、体のどこかが痛くてたまらない。途切《とぎ》れそうになる意識の隅っこで落下自体は止まったことを認識していた。回転しすぎて頭がくらくらしている。横たわったまま、動けなくてじっとしているしかなかった。

相変わらず雨はパラパラと降っていて、情け容赦なく真佐人を濡らしている。湿った落ち葉がダイレクトに顔に触れていた。お気に入りのテンガロンハットがない。

「ううぅぅ……マジか……」

両手をついてなんとかのろのろと上体を起こしたが、立ち上がれなかった。左の足首に激痛が走る。テンガロンハットを失くし、革ジャンとブーツが泥と落ち葉でぐちゃぐちゃになっていることもショックだったが、足首の痛みに茫然《ぼうぜん》とした。

「……ね、捻挫《ねんざ》……？」

真佐人はおそるおそる自分の左足を見る。ブーツの中なのでどうなっているのかわからない。そっと動かしてみた。とたんにズキッと痛みが生まれて涙が滲《にじ》む。激しい運動なんてしたことがなかったから、いままで捻挫を経験したことがなかった。捻挫ってこんなに痛いものだったのか。いや、もしかしたら骨が折れているのかも。

「ううぅ……」

泣きたい。もう、泣いてもいいですか。

真佐人は涙を浮かべてしばし途方に暮れた。どうする？　どうすればいい？　このくらいのケガでいますぐ死ぬことはないだろうが、救助が来るまで自分は生きていられるのだろうか？　もうあたりはずいぶん暗くなってきている。

とりあえず、死にたくない。こんなところで死んだら昭良が悲しむ。

「だれか、助けて……」

思い切って声を出してみた。こんなところを偶然人が通りかかる奇跡なんてないだろうが、やらないよりはマシだろう。カッコつけても仕方がない。母親がオペラ歌手だからか、真佐人は声が大きくてよく通ると言われている。

「だれか、助けてくださーい！」

声を限りに叫んだ。

「だれか、だれかー！」

くり返し叫んだあと、口を閉じた。耳を澄まして、自然の音以外のものを拾えないかと聴覚を研ぎ澄ます。耳の良さには自信があった。

すると、信じられないことにザクザクと落ち葉を踏みしめる音が聞こえた。足音だ。二足歩行の、人間の足音。奇跡だ。奇跡が起こった！

「おーい、助けて！」

地面に座ったまま、真佐人は両手をぶんぶんと振り回した。もう完全に日は暮れている。暗くて発見してもらえないのではと焦《あせ》ったが、やがて木々の間にちらちらとライトの光が見えてきた。すぐに頭にライトをつけた人型の塊《かたまり》が、暗闇からのっそりと現れた。一瞬、熊かと思った真佐人は悲鳴を上げそうになったが、熊はライトなんかつけないだろと自分に言い聞かせる。

「おい、そこにだれかいるのか？」

野太い男の声が聞こえ、あきらかに人間だとわかる。真佐人は嬉しくて本気泣きした。

「います、ここにいます！　助けてください！」

近づいてきた男は、雨カッパと思われるものを着ていた。フードを被り額の部分にライトをつけているので真佐人からは眩《まぶ》しくて顔が見えない。体格は立派そうだった。まさに山男といった、がっしりとしたシルエットで背が高い。

「なんだ、おまえ。そんな格好で……登山客じゃないな」

声と背格好だけで年齢を推測するのは難しい。四十から五十歳くらいの、山のベテランだろうか。こんな時間にこんなところにいるのだから、林業の従事者かもしれない。

「迷ったんです。お願い、助けてください」

Graaa!!

「立てないのか？」

「左足を捻挫したみたいで」

「……仕方がないな」

男は真佐人の前に背中を向けてしゃがみこんだ。これは背負ってやるということだろう。

真佐人はよいしょよいしょと男の背中によじ登った。右足は無事だったので、なんとかできた。雨カッパが濡れていて滑りそうなので、男の首にかなり力一杯しがみついてしまう。

ふっと男が笑った気配がして、間近にある頭がひょいと振り返った。無精ひげが生えた男くさい顔立ちが真佐人を見る。黒々とした太い眉の下にある切れ長の目が、びくっとするほど鋭い。怖いかも……。

もし、この男が悪いヤツだったら、このまま変なところへ連れ去られるかもしれないと気づいた。だがどこへ連れていかれようと、山中で雨に濡れたまま夜を明かすよりはマシではないかと思える。女の子だったら身の危険はあったかもしれないが、幸いにも真佐人は男だ。二十五歳のこの年まで、貞操の危機とやらにあったことはない。いつも昭良と一緒で一人になることがほとんどなかったからかもしれないが。

「しっかりつかまっていろよ」

「は、はいっ」

良い子の返事をして、さらにぎゅっとしがみついた。男は軽々と立ち上がると、真佐人を背負って道なき道を歩き出す。

光源はライトがひとつだけなのに、男はまるで真昼の庭を散策しているような気安さでひょいひょいと歩いていった。すごいすごいと、真佐人は声に出さないで感心した。目つきと雰囲気は怖いが、ものすごく頼りがいがあるのは間違いない。悪い人ではないと思いたい。

しばらくして木々の間に光が見えた。雨露をしのげるていどの山小屋か炭焼き小屋のような掘ったて小屋を想像したが、近づくにつれてそれがちゃんとした一軒家の窓から漏れる明かりだとわかる。さ迷っていた場所からそんなに離れていない。こんな近くに家があったのかと、真佐人はびっくりした。

躊躇《ためら》うことなく男はその家に向かっていく。近寄っていくと、比較的あたらしい頑丈そうな造りのログハウスだった。三角屋根からは黒い煙突が伸びていて、闇夜に細く煙が伸びているのが見える。

悪人の秘密基地には見えなかった。ペンションにも見えない。男はここに住んでいるのだろうか。ぐるりとあたりを見渡しても、ほかに民家らしい明かりなんてひとつも見つけることはできない。

男は真佐人を背負ったまま玄関へ回りこみ、雨カッパのポケットから取り出した鍵で玄関ドアを開けた。

ログハウスの中はほっとする光に満たされ、暖かかった。中は外観で想像していたよりも広い。玄関を入ってすぐにリビングがあり、二階までの吹き抜けになっている。布張りのソファセットがローテーブルを囲み、壁際に置かれた黒い薪《まき》ストーブの小窓からは赤々と燃える炎が見えた。吹き抜けがあるぶん二階スペースは狭そうで、一部屋くらいしかなさそうだ。左手奥にはキッチンのカウンター、そしてダイニングテーブル。しっかりと生活臭がありながらも、きれいに整理されていて散らかってはいない。

「そこに座れ」

男の背中から下ろされ、玄関の内側に置かれている椅子に座らされた。真佐人に向き直った男を見上げる。はじめてまともに視線を合わせた。

男は額につけていたライトを取り外し、雨カッパのフードを後ろに下ろす。長めのくせ毛が現れた。頑健そうな顔の下半分は無精ひげに占領され、もともと迫力のある人相をさらに悪くしている要因になっている。

いや、人相が悪いというより野性的と表現するべきか。つまり、森のくまさん……？

森のくまさんは思っていたより若そうだった。四十歳はいっていない。

「おまえ、山に入る服装じゃないな。なにをしに来た？」

その詰問《きつもん》から、真佐人はこの男が自分の顔を知らないのだと察した。

「えー…っと、松茸を採りに……」

「松茸？　そんなものとっくに終わっている。そもそもここら一帯は私有地だ。途中まで林道を通ったのなら立て看板があっただろう。無断で入ったおまえは不法侵入だ」

「す、すみません……」

落ち着いた叱責《しっせき》に、真佐人は神妙になる。甘やかされてきた真佐人だが、自分がいまこの人に迷惑をかけているのは理解できる。遭難していたらもっとたくさんの人に面倒をかけることになっていただろう。

「おまけにそんな格好で。山をバカにするにもほどがある」

「……はい、すみません……本当にすみません……」

こんなふうに叱《しか》ってくれるのなら、男は真佐人をどうこうしようとする悪いヤツではないと思うが、不法侵入で警察に突き出される可能性が出てきた。警察沙汰だけは困る。昭良もヤンチャをするが、一線は越えないようにして、警察の世話になったことは一度もなかった。もしこれがマスコミに知られたら、昭良だけでなく各方面にさらに迷惑をかけることになってしまう。

「あの、あのっ、無断で入ったことは謝ります。だから、警察だけは勘弁してください」

このさい土下座でもなんでもする気持ちで男にすがりついた。

「ああ？　不法侵入したのはそっちだろ。よくそんな厚かましいことが言えるな」

「でも、困るんです。すみません、本当に……」

じっと見つめると、剣呑《けんのん》な目つきで凝視された。だがここで目を逸らすことはできない。

獰猛《どうもう》な獣っぽい雰囲気が怖いが、ここは我慢だ。この男の機嫌を損ねて警察に連れていかれては困るし、この家から放り出されたら死ぬ。

懇願の目で見上げていたら、男の方が先に視線を逸らした。ひとつため息をつくと、「とりあえず……」と口を開く。

「着替えた方がいいな。詳しい事情はそれから聞く。ちょっと待っていろ」

なんとか先延ばしにはできたようだ。

おとなしく椅子に座っていると、男は雨カッパを脱いでハンガーにかけ、シューズボックス脇に立っているポールハンガーにひっかけた。登山靴みたいなバカでかい靴を無造作に蹴り脱ぐと、すたすたとキッチンの奥へと歩いていく。戻ってきたときにはタオルを手に持っていた。

「ほら、頭を拭け。それで、これに着替えろ」

ばさりと広げられたのはバスローブだった。なぜバスローブ？　疑問が顔に出ていたのか、男が「ケガしているだろ」と指摘してきた。

「ゆったりした格好の方がいい。捻挫しているみたいだし、滑落《かつらく》したときにあちこち打っているだろうから」

「ああ、そっか」

「それに、俺の服は、たぶんどれもサイズが大きいだろう。おまえ、Sサイズだろ？　俺は

ＬＬだ」

頷《うなず》いた真佐人は椅子に座ったまま革ジャンを脱ぎ、ついでショートブーツを脱いだ。やはり左足首が痛い。「見せてみろ」と言われて左足を差し出した。男はしゃがみこむと大きな手で真佐人の足を摑み、靴下を脱がせると足首のあたりを検分している。まったく日に焼けていない真っ白な足と、男の浅黒い手が対照的だった。

「まだそんなに腫《は》れてはいないが、骨に異常がなければいいな。とにかく冷やしておこうか。湿布ならある。こんな時間だから麓の病院も閉まっているし、雨が降りだしたから移動するのは控えた方がいい。このあたりの道はどこも土砂崩れの危険がある」

「土砂崩れ……？」

テレビのニュースでしか耳にしない言葉に、真佐人は唖然《あぜん》とする。そんな危険地帯に自分は入りこんでしまっていたのか。この家が建っている場所は大丈夫なのだろうか。

「あの、ここは、崩れたりはしないんですか？」

「絶対に大丈夫とは言い切れないが、まあ、多少の雨で崩れるような場所ではないな」

「そうですか」

あからさまにホッとしてしまったからだろうか、真佐人を見て、男が苦笑した。そんなふうに笑うと、怖さが半減する。

「おまえ、名前は？」

上にして。

「俺は高坂《こうさか》。ここで山守をしている」

山守っていう仕事はなんだろう。首を捻《ひね》る真佐人に、高坂が手を差し出した。てのひらを上にして。

「身分証明になりそうなものはあるか?」

「えっ……」

想定外の質問に、真佐人は目が点になった。これは警察に行く前に事情聴取されているのだろうか。まいったな、と家の中をちらりと見遣《みや》る。一階にはテレビは見当たらなかった。テレビがあったとしても真佐人に関連する番組を視聴していなければ意味はないが――。

「えー……っと、携帯と財布があるけど……」

脱いだ革ジャンのポケットから携帯端末と二つ折りの財布を出す。だが真佐人は運転免許を取得していないのでカード類はクレジットカードしかなかった。

「見せろ」

高坂が命じるので、真佐人は渡した。カードにはいま名乗った名前とおなじものが記されている。携帯端末は相変わらず圏外のままだ。

「偽名ではなさそうだな……。生意気にもブラックカードか?」

「ああ、はい、親が金持ちなんで」

これは嘘ではない。だが実際には真佐人も大金を稼いでいる。そのあたりの事情は、高坂が真佐人を知らないのならわざわざ説明するのは面倒くさい。高坂は無言で財布と携帯端末を返してきた。携帯の方は覗く気はないらしい。

「おまえ、いくつだ？」

「二十五です」

とたんに男の……高坂の眉間に皺《しわ》が寄った。こういった反応は珍しくない。真佐人の外見が年相応に見えないからだ。

身長は百六十五センチで細身。やや丸顔で目がデカイので絶対にキリッとしては見えず、染めたわけでもないのに茶色がかった髪は耳とうなじが隠れるくらいの長さで、とうてい会社員のヘアスタイルではなかった。そもそも平日の午後にこんなところをうろうろしている時点で、ふざけたバカな学生くらいに思われていたのだろう。

「二十五にもなる大人が、季節外れの山に松茸狩りか。しかも革ジャンとブーツで、懐中電灯も雨カッパのひとつも持たず。おまえ、本気でバカだろ」

「はい、バカです……」

ぐうの音《ね》も出ないとはこのことか。真佐人はしゅーんと肩を落とした。

「どうして松茸狩りなんてしようと思い立ったんだ？」

「……それには、いろいろと複雑な理由がありまして…………」

「いいから言え」

「えー………、罰ゲームで…………」

「はあ？」

くわっと高坂の目が見開いた。森のくまさんが鬼の形相《ぎょうそう》になった！

「そういう安易な発想で山に入るヤツがいるから、地元の人間は捜索だなんだとかりだされて迷惑を被《こうむ》るんだ！」

「はい、すみません、もうホントに、すみませんっ！」

やーん、もう怒鳴らないでよーと、真佐人は両手で耳を塞ぎ、背中を丸めて防御態勢に入った。生まれてはじめて遭難しかけて、真佐人の心はもうそうとうのダメージをくらっている。頭上から盛大なため息が聞こえた。

「まあ、罰ゲームっていう話は、嘘じゃなさそうだな。恐ろしくバカバカしい理由だが、金に困っていないお坊ちゃんが思いつきそうなことだ。それ以外の理由はないんだろう？」

「それ以外？　ないですよ、そんなもの」

「俺と遭遇した場所よりも奥に入ったか？」

「奥？　奥ってどっちですか？」

真佐人は迷ったあと方向感覚がめちゃくちゃになっていた。野生の勘でわかっていたら、いまごろは一人で山を下りて昭良と落ち合っていただろう。

「………そうか」

高坂はまたもやじっと真佐人を見下ろしている。まだ怒られタイムは終了していないのだろうか。濡れて汚れたデニムを脱ぎたいのだが。最悪なことに下着まで染みているようだ。濡れて冷たい感触がしている。できれば自宅以外で下着は脱ぎたくない。でもこのままでは気持ち悪い。

どうしよう……と、もじもじしていたら、高坂がひょいと革ジャンを取り上げた。ハンガーにかけて、ポールハンガーにぶら下げてくれた。雨カッパと仲良くぶらぶらしている革ジャンは、見るも無残な有様に汚れていて、無事に帰れても二度と着ないだろうと思わせる悲惨さだ。テンガロンハットもどこかへ行ってしまったが、しかたがない。お気に入りはまた見つければいい。金はあるのだから。

「ズボンは脱げるか？」

「大丈夫です」

きつめのデニムは雨と泥で汚れて足に張りつく感じになっていたが、人に手伝ってもらうほどではない。というか、手伝ってもらいたくない。うっかり下着越しに、男の子の大切な部分が透けて見えたりしたら困る。デニムと一緒に下着がずり下がって、部分的にでもそこが見られたら最悪。真佐人にとってそのハプニングは死に値する。

高坂が離れてくれないかなと、ちらりと様子を窺《うかが》ったが、なぜかすぐ近くに立ったままこちらを見ていた。真佐人から目を離したくない、なにかがあるのだろうか。

見守られながら脱ぐのはお断りしたいのだが、真佐人にそんな発言権はないような気がする。ぐずぐずしていたら濡れた尻がどんどん冷たくなってくるので、真佐人はウエストのボタンを外すと、そろりそろりと慎重にデニムを下ろした。

「どこか痛むのか？」

脱ぎ方に不審を抱かれたのか、高坂が手を差し伸べてきた。脱ぎかけのデニムを引っ張って足から抜こうとしてくる高坂の手から逃れるために、真佐人は慌《あわ》てて立ち上がってしまった。片足の捻挫を忘れて。

「うぎゃっ」

左足にしっかり体重をかけてしまい、激痛のあまり変な悲鳴が飛びだす。とっさに右足に体重を移動させたが両足にまとわりつくデニムが邪魔をした。

「わわわわわっ」

「おい、危ない！」

顔から床にダイブしそうになった真佐人を高坂が受けとめてくれた。転倒は免《まぬか》れたが、真佐人は床についた右足でデニムの裾《すそ》を踏んでいた。体を起こしたと同時に、ずるりとデニムが脱げる。下着と一緒に——。

「やだっ」

真佐人は乙女のように両手で股間を覆った。焦って高坂の顔を覗きこむ。厳《いか》つい顔は難しい表情をしていた。真佐人はごくりと生唾を飲みこむ。

「…………………見た……？」

「いまのはなんだ？」

「見た？　見たのか？　俺の、俺のアソコ、見た？」

「いやだから、それはいったいなんだ」

「見たんだな、見たんだな、見たんだな！」

「三回も言わなくていい。ああ、見たよ。チラッとだが」

「チラッと見ただけでじゅうぶんだ。忘れろ、いま見たことはすべて忘れろ！」

真佐人は必死だ。両手が股間、左足は使えない、右足だけでかろうじて立っている。ほとんど身動きができない真佐人を、高坂は不意に抱き上げた。まさかの横抱きだ。

あまりにも軽々と持ち上げられて啞然としている間に、真佐人はリビングのソファに移されていた。

「もっとよく見せてみろ」

「やだーっ！」

とんでもない要望に、真佐人は全力でお断りする。だが下半身剝《む》き出し状態で熊のような男に立ち塞がれては、逃げようがない。

「だれに処置されたんだ。その様子だと不本意な手術だったんじゃないのか」

高坂はいきなり真摯《しんし》な教師のような態度になって屈みこんできた。興味本位で話を聞き出そうという感じではない。年長者として若輩者の間違いを正そうとでも思っているのか。

「これは、その……」

「無理やりだれかにされたのか？」

「ちがう。これは、その……若気の至りで……」

「まだ若いだろ。最近のことなのか」

「……十八のとき……」

「そんなガキのころに、おまえはいったいなにをしていたんだ。どこぞのヤクザとでも付き合いがあったのか？」

「そんなのあるわけないだろ」

「じゃあ、なんだ」

「えー……と、その………罰ゲームで………」

「それもか！」

高坂が呆《あき》れたように天を仰いだ。真佐人だって勢いでバカなことをしたと後悔しているのだから、その反応は当然だろう。高坂は魂《たましい》が抜けだしてしまいそうな、盛大なため息をついた。胡乱《うろん》な眼で真佐人を見てくる。

「罰ゲームでペニスに真珠入れるなんて、バカじゃないのか」

ものすごくしみじみと言われてしまった。

「…………ううぅぅ………」

真佐人は言葉の威力に打ちのめされて、ソテァにしおしおと沈んだ。

そう、真佐人のペニスには真珠が入っている。

十八歳のとき、昭良と賭けをして負けて、こんな処置を専門に行っている闇医者のところへ連れていかれた。きちんと部分麻酔をかけられていたから痛くはなかったが、局部を剝き出しにして医者に託すのは非常に恥ずかしくて泣きたくなるくらいに怖かった。

そしてそんな目にあってできあがったペニスは、グロテスクだった。童貞クンの持ち物だから、色だけはピンク色をしている。なのに形状がおかしい。絶対に自然な形ではない。

術後、なんだこりゃ、なんだこりゃーっ！　と絶叫してしまい、昭良の手で口を塞がれた。

真佐人はまだ童貞だった。真珠入りペニスを目の当たりにするまで、わからなかったのだ。かわいい女の子とかわいいお付き合いを夢見るティーンエイジャーは、普通こんなペニスを持っていない……ということに。

いくらノリとはいえ、とんでもないことをしてしまったと後悔してももう遅い。昭良に頭を下げてまた闇医者のところへ連れていってもらうことはできても、恥をしのんでもう一度股を開き、埋めこんだ真珠を取り出してもらう恐ろしい手術をする勇気はなかった。

おかげで、真佐人はいまだに童貞だ。清い体のまま二十五歳になってしまった。

この物騒《ぶっそう》なペニスでもOKと言ってくれる女の子がそのうち現れるかもしれないが、それまでずっと童貞なのかと思うと暗くなってくる。

ちなみに昭良は乳首にピアスがついていた。真佐人との賭けに負けた結果だが、こちらは特に躊躇《ちゅうちょ》なく女の子と付き合っていて、とっくの昔に童貞は卒業している。不公平にもほどがあると思うのだが、もし真佐人の方が乳首にピアスだったとしても、恥ずかしくて恐ろしくて女の子には見せられなかったかもしれない。

どちらにしろ、真佐人は奥手で、女の子には積極的になれない性格なのだ。だからといって男がいいというわけではない。わりと同性からの誘いはあるが、興味が持てないし、昭良が「やめておけ」と言うし、このペニスを見せるのは怖いのですべて断っている。

「よっぽど暇なんだな。そのくだらない罰ゲームはどこのだれとやっているんだ」

「お、弟……」

「弟ぉ？　おまえは兄弟でなにをやっているんだ。バカすぎる」

その通り。客観的に見れば真佐人と昭良はバカだろう。だけど両親に構ってもらえない空虚さを埋めてくれていたのは昭良なのだ。昭良にとって真佐人の存在もおなじようなものだったと思う。支え合って生きてきたのだ。悪乗りしすぎてこんなことにはなったが、別に昭良を恨んでなどいないし、昭良との生活を見直すつもりもない。

「しかし、真珠ねぇ」

厳しい表情だった高坂の顔が、唐突にニッと不穏な笑みを浮かべた。改めて、という感じで高坂の視線が真佐人の全身に注がれる。足のつま先から頭のてっぺんまで、それはそれは舐めるようにじーっと見つめられて、急に空気が変わったようだった。

「あ、あの、高坂…さん？」

どうかしましたか、と訊《たず》ねたいが、下手なことを言おうものならなにかが起こりそうで、真佐人は口ごもる。高坂がぐっと上体を倒してきて、ソファの背もたれに手をついた。笑みを浮かべた顔が急に近づいてくる。

「あ、あの……？」

「見せてみろ」

「えっ？」

「真珠入りのチンコ、もっとよく見せてみろよ」

かくんと顎《あご》が外れたかのように真佐人は唖然として口を開けてしまった。さっきまで教育的指導の大人だった高坂が、いきなりエロくおなりになった。いったいなにがどうして？

「見、見せ…って、えっ？　なんで？」

「ちらっとしか見えなかったからさ、じっくり見たい。どんなふうになってんだ？」

「だからなんで見たいんだよ」

「興味がある。いいじゃないか見るくらい」

「嫌だ。見せない。こんなところに興味を持つなんて、あんたゲイなのか！」

「俺は男も女もＯＫだ」

「えっ…マジで？」

本能的に体を引いたが、ソファの上だ。しかも下半身剝き出しで両手を股間に当てている真佐人は、無防備なシャツ一枚という姿。きょろきょろと視線を飛ばすが、逃げられそうなルートなど見つけられない。そもそもここは高坂の家だし、外に逃げたらふたたび遭難が待っているだけだろう。

「ほら、見せろよ」

「嫌だっ」

膝に高坂の手がかかった。両膝を両手で摑み、ぐぐっと広げようとしてくる。

「ヤダってば、ヤダ！」

真佐人は必死になって足を開くまいと力をこめたが、スポーツとは無縁の生活をしているうえに山歩きで疲れていた。高坂にとっては抵抗らしい抵抗ではなかったかもしれない。ほどなくしてカパッとM字開脚させられた。なにが悲しくて野郎に向かってM字開脚……。

それでも最後の砦《とりで》として両手は離さない。

「うーむ、手が邪魔だな」

「やめろって、この変態！」

「命の恩人に向かってその言い草はないだろう」

「それとこれとは別だ、セクハラオヤジ！」

高坂は開いた真佐人の足の間に胴体をぐいっと入れてきた。足が閉じられない。隠している手を離したらおしまいだ。モロ出しになってしまう。

「おまえ、足がすべすべだな。ムダ毛処理してるのか？」

「そんなことするはずないだろうっ」

「へぇ、素でコレなのか。どこもかしこもきれいで、まさに坊ちゃんって感じだな。その坊ちゃんが真珠なんか入れてるからギャップに萌えるんだよ。わかるか？」

「わかりたくない！」

嚙みつくように怒鳴ったのに、高坂は楽しそうにククク と笑うだけだ。

「ほら、おとなしく見せろ。減るもんじゃなし、見せるくらいいいだろ」

「ヤダっ」

「せっかく加工したんだから、見せびらかすくらいの気概《きがい》があってもいいんじゃないのか？」

「こんなの人に見せるもんじゃない。コレのせいで俺はいままでだれとも付き合えなかったんだからな」

真佐人は動揺するあまり言わなくてもいいことをペロッと口にしてしまった。とたんに高坂が虚《きょ》を衝《つ》かれたような顔になる。

「だれとも付き合えなかった……ってことは、おまえ童貞か？」

二十五歳の男としてはもっとも指摘されたくない事実を、高坂はなんのデリカシーも感じられない口調で言いやがった。真佐人は怒りと羞恥にふるふると震えながら、頬を紅潮させる。

「……くそっ、悪かったな、童貞で！　ああそうさ、俺は経験がないよ。こんな真珠入りチンコのせいで女の子に声をかけることもできないチキン野郎だ。でもそれで、あんたに迷惑かけたか？　あんたには関係ないだろ？」

「怒るなよ。事実を確認しただけだろ」

「確認されたくないっ！」

「はいはい。じゃあ見せて」

「じゃあって、どこからのじゃあだよ！」

キーッと頭に血を上らせた真佐人だが、不意を突かれて両手首をがしっと摑まれた。あっと思ったときにはもう、股間から両手をあっさり引きはがされていた。M字開脚にプラスして万歳？　俺はイッタイナニヲ……？

あまりのことに愕然として動けなくなっている真佐人の股間を、高坂は遠慮なくガン見してくる。

「さすが童貞だな、色はピンク色できれいだ。だが真珠がえげつない。ははは、これはまともな女は相手にしてくれないだろ。玄人《くろうと》の姉さんには面白がられるかもしれないが」

「な、な、な…………」

見られた、見られた、たくさん見られた——。涙目になっている真佐人に、高坂がにっこりと微笑んでくる。ニヤけた変態じみた笑みではなく、優しいまなざしに安堵《あんど》しそうになった。これで解放されるのかと。

「見せてくれたお礼に、手コキでもしてやろうか？」

だが高坂はゲスだった。森のくまさんは命の恩人ではあるけれど、ただの変態でゲス野郎だったのだ——。真佐人はわなわなと唇を震わせる。

「しなくていい！」

「どうして？　童貞ってことは右手がお友達状態なんだろ？　ボランティアで俺が気持ちよくしてやろうって言ってんのに。人の手ってのは、自分でやるのとは比べものにならないくらいいいいぜ」

「うわ、ちょっと、おいっ」

高坂は大きな手で真佐人の両手首をまとめて片手で拘束し、もう片方の手を股間に滑らせた。てのひらの皮が厚いのか、それとも荒れているのか、触れられるとざらりとした。

「なんだよ、縮こまっちゃって。かわいいな」

「やめろ、やめろったら！」

「気持ちよくしてやるだけだ。ほら、勃起すると真珠はどんな感じになるんだ？　ん？　ほら、人の手だぞ。初体験だろ？」

「は？」

　意地悪なオッサンくさいセリフに、真佐人はカーッと頭に血を上らせた。

「初体験なんかじゃない！　手コキくらい昭良にやってもらったことがある！」

「昭良だ、昭良！」

「…………アキラって誰だ」

　重低音とともに高坂が睨《にら》んできた。まるで浮気を咎《とが》めているような目つきに、真佐人は腹が立った。出会って一時間もたっていない男に、どうしてこんな責める口調で言われなければならないのか。

「昭良は弟だ。俺に恋人ができないから、かわいそうだって、何回か手でしてもらったことがある。だから人の手は知ってる。自分でやるより気持ちいいってことくらい、知ってるっての！」

　大声で叫んでしまった。

「へぇー、そう。罰ゲームでチンコに真珠入れさせるような弟が、お兄ちゃんに手コキしてくれるんだ？　そりゃまた珍妙な兄弟関係だな、おい」

「あ、え……それは………」

　二人だけの秘密をつい勢いで暴露《ばくろ》してしまった。真佐人は視線を泳がせて、なんかうまい言い訳はないかと頭を働かせようとしたが、常日頃からあまり働かせていない頭はそんなに都合よく言葉を生みださなかった。

「おまえら、兄弟で乳繰《ちちく》り合ってんのか？」

「チチ…？」

　どういう意味なのかわからなくて首を傾げたら、高坂がいっそう険しい目つきになる。

「………兄弟でセックスしてんのか、って聞いたんだよ」

「セッ、セックス？　してないよ、そんなこと！」

「じゃあ、弟にしてもらったのは手コキだけなのか？」

「あ、うん、まぁ……」

　昭良はなぜか真佐人に対してはサービス心が旺盛で、手コキにプラスしてフェラチオまでやろうとしてくれたが、さすがにそれは断った。そんなことまでは高坂に話さなくてもいいだろう。

「なんだ、その曖昧《あいまい》な返事は。本当に手コキだけか？」

「それだけだよ」

はっきりと頷いた。高坂は「うーむ……」と唸り、ため息をひとつつく。

「まあ、手コキくらいは許すか。童貞なら、そりゃ人の手に興味があるよな。相手が弟ってのはひっかかるが……」

「なにぶつぶつ言ってんだよ。離せよ！」

「おっと」

ケガをしていない右足で高坂の背中を蹴ろうとしたが、目測を誤ってソファに踵《かかと》が当たって痛いだけだった。ケンカなんてしたことがない坊ちゃんなのだ。

「まあ、まったくのはじめてじゃないにしても、赤の他人ははじめてなわけだ。弟とどうやり方が違うのか、比べてみてもいいぜ」

「あ、待て、待てって！」

「待たない」

ニッと至近距離で笑った高坂は、真佐人のペニスを鷲掴《わしづか》みにした。萎《な》えた状態のそれをくにくにと揉まれて、じんわりと快感のようなものがわいてくる。手の大きさも感触も、力の入れ方も昭良とはまるでちがっていた。ちょっと怖くて、刺激だけに集中することなんてできそうにない。

「なんだ、若いくせに元気ないな。気持ちよくないのか？」

「だから離せって言ってんのに！」

右足をもう一度振り上げて、今度は高坂の背中に踵をヒットさせた。局部を握られているだけでなく四肢をうまいぐあいに押さえられていて蹴りに力が入らないからたいしたダメージではないだろうが、真佐人はしつこく何度もおなじところを蹴った。

「おい、痛ぇよ」

「痛くしてんだ。離せ！　離せ離せ離せ！」

「うるさい口だな。塞ぐぞ」

避ける間もなく、がばっとばかりに唇を唇で塞がれた。あまりのことに真佐人はしばし放心状態になってしまう。むさいオッサンに唇を奪われたのだから当然だ。真佐人にとっては、とんでもないことにこれがファーストキスだった——。

「んーっ、んーっ！」

じたばたともがいたが吸いついている唇は外れない。叫びたくて口を開いたら、間髪《かんはつ》を容《い》れずに高坂の舌が入ってきた。ぎょっとして高坂の舌を押しだそうと舌で対抗したが、ぬるりと絡みついてきて背筋がぞくっとした。そのままぬるぬると扱《しご》くように舌を動かされてぞくぞくが止まらない。

キスってこんななの？　真佐人の頭の中は大混乱だ。

高坂の舌は肉厚で、真佐人の口腔《こうこう》をいっぱいにしながら上顎を舐めてきたり歯茎をなぞるようにしたり傍若無人《ぼうじゃくぶじん》にやりたい放題した。その動きはいちいち官能的で、初心《うぶ》でまっさらな真佐人をしだいに蕩《とろ》けさせてしまう。ぐずぐずになった真佐人の口腔を、高坂はさらに凌辱《りょうじょく》した。

舌の先っぽを軽く嚙まれて「あんっ」と甘ったれた声を出してしまった真佐人は、自分のペニスが高坂の手の中でとんでもないことになっていることに気づいていない。完勃ちでびくびくと震えながら先端から先走りをこぼしている。両手はもう押さえつけられなくても力が入らないくらいに脱力して、右足も高坂を蹴ることなんか忘れ去っていた。

だらりと四肢を投げ出して高坂にすべてを預け切った真佐人の陶然《とうぜん》とした表情を、高坂は大人の余裕で見下ろしてくる。

「気持ちいいか？」

くちゅくちゅと股間から濡れた音がして、真佐人は喘《あえ》いだ。先走りで濡れそぼっているせいか、高坂の手はリズミカルに屹立《きつりつ》を扱きたて、裏筋に埋めこまれた真珠を指がくりっと転がしてくる。「あうっ」と切ない声が漏れるほどに感じた。

「ここがいいのか。こっちは？」

「あっ、あっ、やだ、しないで、それ……あんっ」

もういきたい。いつもならとっくに射精して終わっているくらいのレベルなのに、高坂はなかなかいかせてくれなかった。

「ほら、いいいか？」

「いい、いいっ」

腰がかくかくと震えて止まらない。みっともない格好だとか、知り合ったばかりのオッサンにいいようにされているとか、そんなことは頭から飛んでいた。ただいきたいばかりで、目を潤ませて懇願する。

「お、お願い、いかせて、いかせて……っ」

「かわいく言えたから、いかせてやろう」

「ああっ、あっ、あーっ、あああぁぁぁぁっ」

一気に追い上げるようにきつく扱かれて、頭が真っ白になる。真佐人は思い切り射精した。断続的に白濁が迸《ほとばし》る。自分の腹に大量に撒き散らしながら、真佐人は数瞬だけ意識を飛ばしてしまった。

頬をぺちぺちと軽く叩かれてぼんやりと目を開き、自分を覗きこんでいる高坂の顔を見た。

「大丈夫か？　手コキだけで失神されたのははじめてでびっくりしたぞ」

そんなの真佐人の方がびっくりだ。全身がまだかすかに痙攣《けいれん》していて、思うように体を動かせない。深いキスをされながらの手コキはものすごい快感だった。怖いくらいに感じて、自分がどうにかなってしまいそうだった。

昭良にしてもらうよりもずっと感じたのはなぜだろう。高坂はとんでもないテクニシャンなのだろうか。それとも、これが体の相性というものなのか。このまま最後までやられたらどれくらい気持ちよくさせてもらえるんだろうか——と途方に暮れながらも、ちょっとばかり期待を滲ませた目で高坂を見てしまう。

高坂はしばらく真佐人を見つめ、ふっと苦笑した。

「…………あー……、いまはここまでにしようか。おまえ、そういえばケガ人だった」

そう言って、真佐人の上から退いた。体液で汚れた真佐人の腹部をタオルで丁寧に拭いてくれる。腕を引いて上体を起こされ、真佐人はシャツを脱がされ全裸にされた。けれどなにもしないまま、高坂はすぐにバスローブを着せてくれる。真佐人はぼうっとしたまま無言で世話をされた。逆らう気力も体力もなくしていて、感情そのものがぶっ飛んだ状態になっていたのかもしれない。

高坂はキッチンの方から赤い十字のマークがついた箱を持ってくると、真佐人の足元に蹲《うずくま》った。箱の中から湿布と包帯を取り出す。

「湿布を貼って、包帯で固定しておこう」

高坂はそう言って、真佐人の左足首を手当てしてくれた。下手に動かして悪化させないようにと、かなりがっちりと足首を固められたが、絶妙な加減がされていて血流が止まるほどではない。

「どうだ。きつくないか？」

「……………大丈夫………」

「そうか」

高坂は箱を片付けると、キッチンに立った。ヤカンを火にかけて湯を沸かしている。やがてコーヒーのいい香りが漂ってきた。白いマグカップを手渡されて、熱いコーヒーを飲んだ。ゆっくり飲んでいると、ふわふわと心もとない状態だった神経が落ち着いてくる。最初に思い出したのは、昭良のことだ。

いま何時だろうと、視線で時計を探した。リビングの壁にかかった時計の針は、午後七時をさしている。なんの連絡もない真佐人を、きっと心配しているだろう。

「……ねえ、あんた、ここに住んでいるのか?」

もう高坂に対してですます調で話す気持ちはなくなっている。いきなり初対面でエロいことを仕掛けてくるような男なのだ。それになんだか、二人の距離が一気にゼロになったような感じだった。高坂も言葉遣いに対して言及はしなかった。

「携帯使おうとしたら圏外だったんだけど、あんたはどうやって外と連絡を取っているんだ?」

「無線がある」

「無線?」

なんじゃそりゃ、と真佐人は眉間に皺を寄せる。

「だれかと連絡を取りたいのか？　だったら俺が無線で麓の知人に頼んでやろう」

どうやらそれしか方法がなさそうだ。しかたがない。

「弟の昭良が近くにいるはずなんだ。携帯が使えないなんて知らなかったから、俺がギブアップしたら車で迎えに来てくれることになってた」

「どこにいるんだ。ホテルか?」

「わからない。ホテルはどこにも予約していなかった。携帯の番号を教えるから、あんたの知人にかけてもらっていいかな。知らない番号からかかってきて、昭良が出るかどうかわからないけど」

「わかった。もし電話に出なかった場合は探すしかないな。そいつの特徴は? 乗っている車の種類とか」

「車はポルシェ、色は黄色」

「…………黄色いポルシェ……ね」

高坂は微妙な表情になりながらメモ用紙に書きとめている。

「昭良は、身長が百七十くらいで、髪はライトブラウン、両耳にピアスが二つずつついてて、今日の服装はなんだっけ……、ああ、そうだ、ラムのロングコートを着てた。髪の色に合わせたライトブラウンのコート。中はカシミヤの黒いセーターで、黒い革パンツ。靴はなんだっけな……グッチだと思う。時計は……」

「もうじゅうぶんだ」

真佐人が懸命に思い出しているのに、高坂が遮《さえぎ》った。どこかうんざりしたような顔をしている。

「おまえらが坊ちゃんで金に困っていないらしいことはよーくわかった」

「………なにか怒ってんのか？」

「怒ってない。呆れているだけだ。まあ、これだけ特徴がある弟なら、すぐに見つかるだろう。狭い街だからな」

高坂は階段を上がって二階へ行った。無線は二階にあるらしい。しばらくして下りてきた高坂は、キッチンで調理をはじめた。なにか作って、真佐人にも食べさせてくれるのだろうか。

「簡単に焼き飯を作る。好き嫌いはあるか？　あっても考慮しないが」

「じゃあ聞くなよ」

不貞腐れた口調で言い返すと、高坂はふんと鼻で笑った。

とりあえずなにか出されたら、よほどマズイものでなければ真佐人は食べるつもりだ。空腹は限界に達している。

真佐人は特に偏食ではない。子供のころから好き嫌いはあまりなかった。食事はすべて家政婦が用意してくれていたせいだろう。調理師免許を持ったベテラン家政婦は、真佐人たちの親の意向を汲《く》んで、栄養管理をきっちりとこなしつつ美味しい食事を作ってくれていたのだ。そういう意味では育児放棄されてはいなかった。スキンシップは絶対的に足らなかったが。

昭良がどこでどうしているのか気になった。真佐人を探すため、後を追って山に入っていたら最悪だ。真佐人はカーテンが閉められていない窓を見遣った。外は暗闇で、室内の様子が鏡のように映っているだけだった。

「どうした？」

いつの間にか近くに来ていた高坂に声をかけられて、真佐人は「なんでもない」と首を横に振った。高坂は醤油の香ばしい匂いがたちのぼっている皿を両手に持っている。それをダイニングテーブルに運びながら「立てるか？」と聞いてきた。

いい匂いに胃が刺激されてきゅるきゅると情けない音をたてている。テーブルに行かなければ食べ物にありつけないのか。真佐人はソファから下りたが、左足を床につくとズキッと足首が痛い。右足だけでケンケンしていけばいいかなと考えていると、皿を置いた高坂がソファに戻ってきた。

「運んでやる」

「えっ？」

どういう意味かと問う間もなく、真佐人は高坂にまたもや横抱きにされていた。びっくりするあまり両足をバタつかせてしまい、バスローブの裾が乱れて危うく股間が露《あらわ》になってしまいそうになる。すでにたっぷり見られているからといって、丸出しにできるほど羞恥心はなくなっていない。焦って片手で裾を押さえ、もう片方の手を高坂の首に回した。

ダイニングの椅子にそっと下ろされ、ちょうど食べやすい距離まで押してくれる。テーブルは四人掛けの大きさで、高坂は真佐人の斜め前に座った。

「さあ、晩飯にしよう」

どうぞ、とてのひらを上にしてすすめられて、真佐人は遠慮なくいただくことにした。大きめの深皿にこんもりと盛られた焼き飯は、油のコーティングがかかってつやつやとしていた。醤油の匂いにおおいにそそられる。角切りにされたハム、ピーマン、たまごの色どりがきれいだった。両手を合わせて「いただきます」と挨拶《あいさつ》してからスプーンを取る。

「う…………んまっ！」

一口食べてみると、思わず感嘆がこぼれてしまうほど美味《うま》かった。そのまま勢いでガツガツと半分ほど食べて、ふと視線を上げる。高坂が笑顔で真佐人の食べっぷりを眺めていた。

「……なに？」

「よっぽど腹が減っていたんだなと思って」

「あ、うん。水しか持ってなかったから……」

「そうか。まあ、口に合ったんならよかった」

高坂はそう言うと、自分も食事をはじめた。さっきはあんなにエロくて意地悪だったのに、森のくまさんの地はこっちだったのかと思ってしまいそうな穏やかさだった。

真佐人はスプーンを動かしてもぐもぐと咀嚼《そしゃく》しながら、もうエロいくまさんバージョンはおしまいなのかなと考える。おしまいだったら残念だなんて、ほんのちょっとでも考えてしまう自分はダメダメ人間なのだろうか。

だってすごく気持ちよかった——。癖になる快感っていうものがあったら、きっとそれだ。

高坂の様子を上目遣いで窺うが、黙々と食べている。躊躇なく真佐人に手を出すくらいだから遊び人だろう。さっき、高坂は真佐人に自分の快楽に奉仕させようとはしなかった。真佐人のあられもない格好を目の当たりにして、この男は欲情しなかったのだろうか。服の下で勃起していたかどうかもわからない。高坂の股間の持ち物がどんなサイズでどんな形状をしていて、どれほどの熱量を孕《はら》んでいるのか——なんだかとっても興味があった。

真佐人がそんなことばかりをぐるぐると考えている前で、高坂は自分の皿を空にした。

「ほら、これも食べろ」

小皿が出された。しめじのような茶色い笠のきのこだ。ちょっとだけお酢の匂いがする。

「きのこのピクルスだ」

箸を渡されて、食べてみた。美味しい。しゃきしゃきした食感が残っていて、野菜の浅漬けっぽい。いくらでも食べられそうだった。

「気に入ったか？　たくさんあるからどんどん食べろ。きのこは体に良い」

高坂がテーブルにどんと置いたのは、両手で持てるほどの大きさの瓶だった。中はきのこのピクルスでいっぱいになっている。

「えっ、これって、あんたが作ったの？」

「俺以外にだれが作るんだよ。一人暮らしだってのに」

「もしかして、このきのこって自分で採ってきたやつ？」

「………いや、これはちがう。きのこの時期はもう終わっているからな」

「あ、そっか」

高坂の返答が遅れたことに、このときの真佐人は気がつかなかった。かなりの量のきのこを食べて、食後にお茶を淹《い》れてもらい、腹が満たされた真佐人は、情けないことに睡魔に襲われた。こくりこくりと船を漕《こ》ぎはじめた真佐人を見て、高坂が席を立つ。

「眠いか？　ちょっと待ってろ」

高坂はソファの背もたれを倒して二階から毛布を運んできた。

「これはソファベッドだ。客が来ると、ここに寝てもらうことになっている。身長が百七十センチ以上だと足が飛び出るが、おまえなら大丈夫だろう」

失礼なことを言われたが、真佐人にはもう抗議する元気はなかった。慣れない山歩きと高坂とのバトルで疲れていたのだろう。もう眠気を我慢できない。ひょいと横抱きにされてソファベッドに運ばれたときも、寝かされて首まで毛布をかけられたときも、「おやすみ」と頭を撫《な》でられたときも、ほぼなすがままだった。

「無防備だなぁ。あどけない顔しやがって、これで二十五？　マジかよ。かわいすぎる」

くくくと抑えた笑い声が遠くで聞こえたが、夢だったかもしれない。

やがて電気が消されたが、壁際の薪ストーブの窓の中では、赤い炎がちらちらと揺れている。ときどき薪が爆《は》ぜる音を聞きながら、真佐人は深い眠りに落ちていった。


熱い。痛い。熱い――。

ふっと意識が浮上して、真佐人は目を開いた。薄暗い、はるか頭上にある天井で大きな羽根がゆっくり回っているのが見えた。南国のリゾートホテルで見たことがある。ここはいったいどこだと混乱しつつ、息苦しさを感じて胸を喘がせた。パチッとちいさく爆ぜるような音が聞こえて視線を巡らせば、黒い薪ストーブがあり、小窓から炎が光を放っている。

「大丈夫か？」

唐突に声をかけられて真佐人はびくっと全身を震わせる。足元に男がうずくまっていた。

そうか、ここは高坂という男の家だと、眠る前のあれこれを思い出した。と同時に、負傷している左足がずきずきと痛みだす。この痛みで目が覚めたのかと、真佐人はひとつ息をついた。

「そろそろ湿布を換えた方がいいかなと思って来たんだが……痛むのか？　すこしうなされていたぞ」

無造作にぺろりと毛布をめくられて左足に触れられた。

「ああ、腫れているな。冷やそう」

高坂は丁寧に包帯と湿布を取り除き、保冷剤のようなものをタオルで巻いて足首に当ててくれた。冷たくて気持ちがいい。ふぅと息をつくと、喉がカラカラに渇いていることに気がついた。

「……みず……」

「水がほしいのか？　ちょっと待っていろ」

高坂はコップに水を注いできて、真佐人の上体を起こしてくれた。支えられながら飲んだ水は冷たくて、じわっと全身に染みわたるように美味かった。

「やっぱり熱が出たか。最後までやっちまわなくてよかった。そんなに酷い捻挫じゃないように見えたが、俺は別に医者じゃないしなぁ……。朝まで我慢してくれ。日が昇って雨が止んでいたら麓の病院まで連れていってやるから」

頭がぼんやりして答えられない真佐人だが、高坂がなにを言っているかは理解できた。新しい湿布を貼ってもらい、包帯を巻かれた。額にうっすらとかいていた汗が冷たいタオルで拭われる。ついでのように、大きな手でこめかみから髪をかき上げられて、気持ちよさにうっとりした。

「ちっちゃい顔だな。おまえ、ホントにどこから来たんだよ。暇でたまんない俺には目の毒だよ、もう」

立ち上がって離れていく気配に、真佐人は手を伸ばした。高坂はパジャマの上にガウンらしいものを羽織っている。その裾を掴むことができた。

「待ってよ……」

「なんだ?」

「ここにいてほしい」

「はあ?」

呆れたような声を出されてしまったが、一人になりたくないのは事実なのでガウンの裾を握って離さない。高坂のため息が聞こえた。

「しかたがないな……」

背中を向けていた高坂が体の向きを変え、なんとソファベッドに乗り上げてきた。ギシッと不吉な軋《きし》み音がしたが、高坂は構わずに真佐人に添うように長身を横たえる。どうやら一緒に寝るつもりらしい。

どうしてそこまでしてくれるんだと疑問が浮かんだが、昭良に代わる人のぬくもりが側《そば》に来てくれて嬉しかった。高坂のがっしりした胴体に腕を回し、べったりとくっついた。厚い胸に頬を寄せると、力強い心音が響いてくる。それを聞いていると足の痛みが和《やわ》らぐような気がした。

眠りに引きこまれるようにして目を閉じる。背中を抱き寄せてくれる腕の固さに、真佐人は安心して朝までぐっすり眠ったのだった。


なんだかすごくいい匂いがする――。

真佐人はひくひくと鼻を蠢《うごめ》かして、ゆっくりと目を開いた。黒くて頑丈そうな薪ストーブと丸太が剝き出しのログハウスの壁が視界に飛びこんでくる。カーテンが開けられた窓の向こうは明るいが灰色の景色で、しとしとと冷たそうな雨が降る森だった。

何度かまばたきをして、その間にここがどこなのか思い出した。昨日の記憶が怒涛《どとう》のようによみがえってくる。

遭難しかけて、森のくまさんに出会って助けられて、でも体の秘密を見られて弄《いじ》られてエロい悪戯《いたずら》をされたのだ。そのあとは、なぜか丁寧に世話をされた。ケガの手当てをしてくれ、ご飯の用意もしてくれた。

高坂という男がよくわからない。親切なのか意地悪なのか、たんにデリカシーがないだけなのか――。まあ、出会ってたったの数時間で人となりがわかるほど、真佐人は観察眼が鋭

い方でもないし、人生経験を積んでいるわけでもない。わからないのは当然か。

そういえば、夜中に足が痛んで目が覚めたような気がする。そのとき、高坂が近くにいて、足を冷やしてくれたような——。そのあと、おぼろながらこのソファベッドでくっついて眠った記憶が……。

あれは現実だったんだろうか。このぎりぎりセミダブルサイズのソファベッドで、長身でがっしり体型の高坂が真佐人を抱っこして眠ったとは思えない。夢だったのかもしれない。だって、真佐人のようないい歳をした男がちょっと弱音を吐いたからといって、添い寝をしてくれる奇特な人間などいるだろうか？　あれは昭良がいなくて寂しく感じた真佐人が、願望を夢にして見てしまっただけだろう。うん、そうだ。きっとそう。でないと恥ずかしくてたまらない……。

「起きたか？」

真佐人が動いたので気づいたのか、キッチンから高坂が声をかけてきた。視線を向けると昨日よりもひげが濃くなった高坂がフライ返しを持って立っている。いい匂いの正体はきっとベーコンが焼ける匂いだ。体は眠りから覚めると同時に空腹を訴えてきている。

「すぐに朝飯の用意ができるから、待っていろ」

うん、と頷いて上体を起こし、毛布の下から左足を出してみる。湿布の上から包帯を巻かれた足首は、そんなに腫れているようには見えなかった。じっとしているぶんには痛みもない。だが動かしてみたら、やっぱりズキズキと痛かった。

真佐人はぐるりと家の中を見渡して、トイレがありそうなあたりに見当をつけた。昨日は高坂に遭遇する前に山中で立ちションしていたので、この家では一度もトイレを使っていなかった。さすがにトイレに行きたくなり、そっと床に足をつけてみる。立ち上がることはできたが、左に体重をかけるとズキッと痛みが走った。

「おい、なにやってる。まだ治ってないぞ。無茶するな」

ダイニングテーブルに皿を運びながら、高坂が真佐人を見咎めて言った。

「………トイレに行きたいんだけど………」

「ああ、そうか」

高坂が歩み寄ってきて、またもや真佐人を横抱きにしようとした。

「ちょっと待て。肩を貸してくれればいいから」

「この身長差で?」

「うっ……」

正確に身長を聞いていないが、おそらく二十センチは差があるだろう。体重なんて三十キロは差がありそうだ。

「こうして運んだ方が簡単だ」

そんなふうに言われて、真佐人はまたもやひょいと横抱きにされてしまった。そのままキッチンの裏側へと運ばれていく。トイレはこのへんかなとあたりをつけていた一角だ。ちゃんとした水洗の洋式トイレだった。こんな山奥なのに上下水道が通っているらしい。そう言うと、教えてくれた。

「水道は通っているが、下水はまだだぞ。浄化槽が地中に埋めこまれている」

ふーん、と浄化槽のしくみの意味がまったくわからないが頷いておいた。高坂は真佐人をトイレに下ろしたあとも、立ち去らない。洋式便座の蓋《ふた》を開けてバスローブをたくし上げようとした真佐人は、胡乱な眼で振り返った。

「ずっとそこで見てるつもり？」

「真珠ペニスがどんなふうに排尿するのかと興味が……」

「変態か！」

アホなことをほざく高坂の鼻先でドアをバンッと閉めてやった。がちっと鍵をかけてひとつ息をつく。一晩たっても、やはり高坂は変態がかったエロのままだった。親切で世話焼きではあるが、エロで変態でもあるわけだ。このままこの家にいては、変態がうつる。昨夜、手コキされたあと、真佐人はうっかり高坂の体に興味を抱いた。あれは気のせい。突然の出来事に錯乱《さくらん》状態だったのだ。とっとと麓に下りて、昭良と合流しなければ。

用を足してトイレから出れば、思っていた通り、高坂が待ち構えていた。

「あの、俺の弟のことなんだけど」

無線で頼んだ知人とやらが、昭良を見つけたのかどうかすら聞いていない。どうなったのかと聞こうとしたら、完全スルーでふたたび抱っこされた。

「わあっ」

「つかまっていろ」

焦って高坂の服にしがみつく。運ばれた先はソファではなくダイニングテーブルの椅子だった。

目の前にきれいな目玉焼きとカリカリに焼けたベーコンの皿が置いてある。高坂は無言でほんのり焼き色をつけたトーストも差し出してきた。ホットミルクのマグカップとオレンジジュースのグラスも並べられてしまっては、人の話を聞けと抗議する気が萎える。腹が切なくきゅるるると鳴った。二十五歳の健康な体は、ごく普通に十二時間ぶりの食事を求めている。

高坂が笑うことなく「どうぞ」とすすめてくるので、真佐人はとりあえず食べようと決めた。昭良のことを聞くのは食べてからでも遅くない。

「いただきます」

両手を合わせ、美味しそうな朝食に挑みかかったのだった。

トーストをおかわりしてあらかた食べ終えてから、高坂が食後のコーヒーを淹れてくれた。食事のあとは、湿布の交換。ソファの背もたれをもとの位置に戻してベッドから椅子状にし、そこに抱っこで運ばれて足首を丁寧に処置された。

「よし、だいぶ腫れが引いたな。昨夜、冷やしたのがよかったのかもしれない」

「やっぱり昨夜のアレって、夢じゃなかったんだ？」

「なんだ、夢だと思っていたのか？　俺がかいがいしく世話をして、最終的にはいい子いい子って添い寝してやったのに」

高坂がニヤリと笑ったので、真佐人はすべてが現実だったのだと悟った。昨夜の自分を消してしまいたいくらいの羞恥に襲われたが、いまさら高坂の記憶を消すことなんかできない。

「おまえ、一人で寝るのは寂しいのか。ここにいてほしいって俺のガウンを摑んで離さなかったんだが」

確かにそんな恥ずかしい言動をした覚えがある。真佐人は照れ隠しにプイとそっぽを向いた。高坂がそんな真佐人の横に腰を下ろし、からかうような笑顔で見つめてくる。

「どこの坊ちゃんか知らないが、よほど過保護に育てられてきたんだな。一人になったことがないのか？」

「そういうわけじゃない。ただ……昭良と離れて過ごしたことって、あまりないから……」

「昭良？　ああ、弟か」

「そうだ、昭良は見つかったのか？　できればすぐにでも合流して、東京に帰りたいんだけど。仕事があるし」

　高坂が軽く目を瞠《みは》った。

「仕事があるのか。まあ、普通はそうだよな」

「これでも責任のある仕事をしてんだよ」

　バカにするなと口を尖らせたら、その唇を高坂が人差し指でツンとつついた。慌てて口を手で覆い、体を引く。そうだ、この男はエロいくまさんなのだった。油断してはいけない。

「じつは昨夜遅く、おまえの弟らしき人物を発見したと、俺の知人から報告があった。もちろん、無線で。黄色いド派手な外車ってだけですぐわかったらしいぞ。こんな田舎だからな」

「それでどうしたんだ？　昭良は？」

「おまえが足をケガしたと事情を話して、駅前のビジネスホテルで待機してもらうことになったそうだ」

「そうか、よかった」

　真佐人と連絡が取れなくて、昭良は絶対に心配していたと思う。こちらの事情が伝わったのならよかったと、ホッとした。だが真佐人がケガをしたと聞いて、また別の心配がわきおこっているだろう。早く昭良に会いたい。

「悪いけど、そのホテルまで送っていってもらえないか？　もしそれができないのなら、タクシーでもなんでもいいから車を手配してもらえれば……」

「今日は無理だ」

「えっ?」

あっさりと「無理」なんて言われて、真佐人は唖然とした。まさかここに監禁されてしまうのか——と怖い想像が一瞬だけ浮かんだが、高坂は「今日は無理」という言い方をした。明日なら可能だということか?

「雨が降っている」

高坂が窓を指差したので、真佐人は振り返った。確かに窓の外は雨だ。ザアザアと、わりとまとまった雨量になっているのがわかる。

「昨夜からずっと降り続いている。麓に下りる途中の林道がぬかるんでいてヤバいかもしれない。止むまで待った方がいい」

昨夜も高坂はそんな話をしていた。遭難しかけた身としては、大自然の脅威の前に、人が無力になるのは理解できた。

「………いつ、雨は止むんだ?」

「天気予報では今夜には上がるだろうってことだ。今日は諦めろ。明日の昼くらいになれば大丈夫だと思う。そういう道路事情も、俺の知人はわかっているから、弟に伝えてくれるだろう」

「明日か……」

「足首の腫れはずいぶんひいている。このぶんなら急いで病院に行く必要もないな。安静にしていれば、数日で歩けるようになる」

高坂が言うことはいちいちもっともだが、あと一日もこの家で二人きりだと思うと、いろいろとまずいような気がする。高坂の世話は真佐人にとって心地いい密度で、もともと身の回りのことを人に代行してもらうことに慣れているため、鬱陶《うっとう》しくはない。エロい悪戯さえなければ、きっと高坂は悪い人ではない――と考えてしまっている時点で、かなり真佐人は自分のテリトリーにこのくまさんを入れてしまっているようだ。

つい高坂のひげ面《づら》をじっと凝視してしまい、「なんだ？」と訊ねられた。

「……ひげ、剃《そ》らないのか？　それがスタイル？」

「いや、ただの無精だ。一人でここにいるだけだとわざわざ剃るのが面倒でな」

「まあ、似合っているからいいけど、あんたの仕事って具体的になにをするんだ？」

「山守」

「だからその山守ってなに？　山を守るって、猟師じゃないよな」

真佐人はぐるりとログハウスの中を見渡す。猟銃がどこかにしまわれている感じではない。

高坂がニヤリと笑った。

「俺に興味がわいたか？」

「そういうわけじゃない」

「嘘つくな。俺のことを知りたくなってきたんだろ。俺もおまえを知りたい。興味津々だ。いろいろと」

ニヤついた笑顔でそんなことを言われたら、もうエロい方面を指しているとしか思えない。昨夜の続きを誘っているのか？　いやいや、こんな朝っぱらから、それはないだろ。どうしてもそっちへ繋げてしまいがちな自分に、真佐人は顔を赤らめる。

「変な言い方するなよ」

「変な言い方って？」

高坂のニヤニヤがさらに酷くなる。もう、このオッサンは……。

「あんたは俺のあそこに興味があるんだろってこと！」

「あるぜ」

堂々と肯定しやがった。

「あんたさぁ――」

「確かに真珠ペニスを見て、いったいどんな人間なんだと知りたくなった。だがそれだけじゃない。実際にちょっと弄ってみて、ますます知りたくなった。初心な反応が新鮮でツボだったからな。あんな卑猥《ひわい》なイチモツでありながら童貞ってのがいい」

「童貞言うな！」

まった。

「本当のことだろ」

ニヤリと笑った高坂がすこし距離を詰めてきたので、真佐人は反対側に動いた。とはいえソファは二・五人掛けのサイズなのでそんなに大きくはない。すぐに端に追い詰められてしまった。

「ちょっと……離れてくんない？」

「どうして？　このくらい近い方が話しやすいだろ」

「近すぎるって、もう」

寄ってくる高坂の顔を掌底《しょうてい》でぐぐぐと遠ざけようとしたが、高坂はますます笑顔になって抗《あらが》ってくる。真佐人の腕力くらい屁でもないのかと情けなくなりつつも、心から嫌でない自分がいた。本当に嫌だったら、どんなに取り繕っても真佐人は嫌悪感で鳥肌が立つし、会話すらしたくなくなる。いままで経験ナシできたのは、恋に落ちたことがないことと、昭良の眼鏡に適《かな》う相手がいなかったこともあるが、生理的にＯＫと思える人に巡り合わなかったことが大きい。高坂に対しては、最初からそれほどでもなかった。むしろ側にいて心地いいくらいだ。あからさまなエロ発言がなければ。

「真佐人、俺の仕事は、ここで山を守ることだ。日に何度か見回りをする。昨日のように遭難者を発見することもあれば、不法投棄の現場を押さえることもある」

へぇ、と真佐人は単純に感心した。そんな仕事があるのか、と。

真佐人がもうすこし世慣れていて知識があったなら、高坂がどこに雇われてそんなことをしているのかと疑問を抱いたことだろう。

「おまえはなんの仕事だ？　平日にふらふらしているってことは、そっちこそ会社勤めじゃないだろ」

「俺、ピアニストなんだ」

正直に言ったのに、高坂は瞠目《どうもく》した。視線が真佐人の手に注がれる。じっと指を見つめられて、疑っているのがわかった。こういう反応は珍しくない。ピアニストと聞くと、たいていの人はタキシードを着て背筋を伸ばした姿を想像する。真佐人もコンサートのときはそんな格好をすることもあるが、普段着は革ジャンやデニムなどのラフな服装だ。

「俺、これでも新進気鋭のピアニストとしてわりと顔が売れている方なんだけど、あんた知らなかった？」

「すまないが、知らない。クラシックはほとんど聴かない。あ、クラシックなんだろ？」

「一応ね。でも、なんでも弾けるよ。最近はジャズもやるし、エレキギターとか三味線とかとセッションして異種格闘技みたいな遊びもやる。楽しいよ」

「異種格闘技……」

「作曲もする。交響曲なんて大作は書けないけどシンプルなメロディラインの曲が好きで、ＣＭに使われたこともあるんだぞ」

「CM……」

高坂がいちいち感心するから面白い。最近は顔が売れてしまい、どこへ行ってもすぐに正体がバレてしまうのが普通になっていた。こんなふうにみずからプロフィールを話すのは新鮮だ。

「もしかして弟もなにか楽器をやっているのか？」

「昭良はバイオリン。あいつと組んで、何枚かCD出してる。これが売れたんだよね。クラシックのジャンルでは珍しいくらいに。昭良はそれで車を買ったんだ」

「黄色いポルシェか」

へぇ、と高坂が頷く。ピアノでなくとも、この家になにかの楽器でもあれば演奏してみせることができたが、たぶんなにもないだろう。

「あ、そうだ。俺のスマホ、どこ？　写真を見せてやるよ」

圏外の携帯端末ほど無用なものはないので、昨夜からその存在をすっかり忘れていた。こんなに何時間も携帯端末を触らないことなど、かつてなかったと思う。高坂が玄関のポールハンガーにかけたままだった革ジャンのポケットから、真佐人の携帯端末を持ってきてくれた。

「ほら、これが昭良。それで、これが俺」

先月のコンサートの舞台裏の様子を撮った写真を高坂に見せる。オーケストラとの共演だったので真佐人と昭良は正式なタキシード姿だ。愛器であるストラディバリウスを片手に昭良が挑戦的な笑みを浮かべている。

「茶髪にピアスね……。クラシックの分野では目立つファッションなんじゃないのか？」

「まあね。でも昭良はうまいんだ。技術と表現力はダントツ。嘘じゃないぜ。そういうの、カッコいいだろ」

自慢の弟だと写真を見せびらかしたつもりだが、高坂は面白くなさそうだ。

「おまえは茶髪にしていないしピアスの穴も空けていないな」

「んー……、昭良はすすめてくるけど、したいとは思わないから。昭良の友達って、こういう格好のヤツが多いんだ。だから逆にしていないと目立つけど、俺はあんまりそういう輪には入らないから」

「弟の友達とは付き合いがないのか？」

「俺、夜遊びには興味ない。酒も弱くて飲まないし、こんな体だから女の子をナンパする勇気もないし。昭良ってば元気だなーって思うよ。コンサートのあとでもわーって出かけていくんだから」

「それだけ弟とは違うところがあって、本当に仲がいいのか？」

なんて疑問を口にするので、マニア垂涎《すいぜん》ものの秘蔵ショットを公開してやった。二人暮らしのマンションで黒のタブリエ姿の昭良が料理の腕をふるっているシーンだとか、真佐人が昭良の肩を抱いて自撮りしているものだとか、酔っ払った昭良が真佐人の頬にキスしているものだとか。

　失礼なことに、高坂はげんなりした表情でため息をついた。

「おまえら、ホモのカップルっていうより、百合っぽいな……」

「ユリ？　なにそれ。そもそも俺たちゲイじゃないよ」

　変な感想を口にする高坂にはもう見せてやらない。真佐人は携帯端末を引っこめた。

「兄弟そろって音楽家ってことは、もしかして、おまえの親も音楽関係なのか？」

「父親は指揮者で、母親はオペラ歌手。昭良の母親はバイオリニスト」

「ん？　弟と母親がちがうのか」

「再婚の連れ子同士なんだ。昭良とは血は繋がってないけど、七歳のときから十八年も兄弟だから関係ないよ」

「……なるほど」

　高坂がわずかに目を眇《すが》めたが、真佐人は気にせずに話を続けた。

「昭良は俺の唯一の家族で、味方だ。両親ともに一年中世界を飛び回っているから、俺たちはいつも留守番で、家政婦に育てられたようなものだ。俺の実母も含めて、みんな音楽バカ。命削って没頭している感じ。自分たちに子供がいることを、たまに思い出すって感じなんじゃないかな。だから俺たちは、いつも二人で遊んで、二人でレッスンして、寂しいときは慰め合ったし、ちょっとばかりハメを外した悪いコトも二人でやったよ」

「罰ゲームか？」

視線が露骨《ろこつ》に真佐人の股間に注がれる。バスローブのまま着替えていない真佐人は、反射的に両手で裾を押さえた。

「そーゆーいやらしい目で俺を見るなよ」

「現物はもう見たぞ。昨日の夜」

「思い出すなっ」

「無理」

高坂はニヤニヤと楽しそうに笑っている。このエロオヤジが。

「それで、おまえたちのそのハメを外した罰ゲームは親への反抗心から来ているのか？」

話の続きを促してくるから、真佐人はバスローブを押さえながら口を開く。

「なんていうかさ、音楽やってるヤツらって、手をケガしないようにスポーツを禁じていたりジャンル違いのことを遠ざけたり、それだけに精進《しょうじん》しろって空気が常識になっちゃっているわけ。それって不自然だと思うんだ。だから俺と昭良は、あえて音楽漬けにならないようにしてきた。なんと、俺と昭良ってさ、音大を出てないんだ」

「それは珍しいことなのか？」

「十代前半でデビューした音楽家にはありがちだけど、まあ、珍しい方かな。この業界にも学閥ってのがあるからさ。どこかに所属しておくとあとで楽なんじゃないの。それが足枷《あしかせ》になることもあるだろうけど」

真佐人が高校卒業時に進学しないと両親に告げたとき、かれらは驚きはしたものの「真佐人がよく考えた末に決めたのなら」と反対はしなかった。真佐人の意思を尊重したというよりも、自分たちには関係ないと結論づけたような気がする。

二年後に昭良も進学せず、二人はプロとして音楽活動をはじめた。箔《はく》をつけるためのコンクール出場もしなかった。前時代の遺物のような年を取った審査員たちに点数をつけられるよりも、一般市民に音楽の楽しさをアピールして、一緒に遊びたいと思った。

命は削らない。けれど音楽は楽しいから、めいっぱい遊びたい——そんな感じで。

もちろん、二人にはそれぞれ音楽の師がいる。真佐人にはピアノの先生が、昭良にはバイオリンの先生が。かれらは父や母の友人で、兄弟に音楽の基礎を教えてくれた大切な師だった。どこの音大にも進学しないと打ち明けたときに残念がったが——やはり自分の出身大学をすすめていた——子供のころからの考え方をよく知っていたので理解してくれた。そして応援すると励ましてくれた。

二人とも有名な音楽家を両親に持っていたから、ネームバリューは最初からあった。親の七光り、上等だ。ぞんぶんに利用させてもらおうと、ツテやコネを最大限に使って全国で演奏会を開いた。最初はちいさな会場でやっていたのが、気楽な雰囲気と昭良の実力、そしてルックスでファンがつき、いまでは三千人から五千人のホールが常に満員になるほどになった。CDも売れている。

頑張りを評価されるのは嬉しい。充実感もある。経済的に自立もできた。全部、昭良がいてくれたおかげだと思っている。

「いまでは反抗心なんてなくなった。ただ楽しい。昭良と演奏すると、マジで息がぴったりで無我の境地っていうのかな……なんか、別世界に飛んでいけちゃうような、トリップしちゃうような、不思議な世界に行けるんだ」

これはすごいことなんだぞと、真佐人は力説した。だが高坂は口をへの字に歪《ゆが》めている。

「トリップって、おまえら変なクスリはやってないだろうな」

「やってるわけないだろ」

「芸能人には多いって聞くぞ」

「俺たちは別に芸能人じゃないよ」

「テレビに出ていれば芸能人っていう括《くく》りだろ」

真佐人はうっと言葉に詰まった。真佐人はただのピアニストのつもりだが、一般視聴者からしたら、確かに芸能人の括りになってしまうのかもしれない。

「真珠入れたり季節外れの松茸狩りしたりってのもたいがいだが、ドラッグだけはやめておけよ」

「だからしてないってば」

「話を聞いていると、血の繋がらない弟が、兄が無知なのをいいことにいろいろ悪意をもって仕掛けているとしか思えない。そのうちドラッグをすすめられて、ちょっとだけ……のつもりで転がり落ちる可能性だってあるだろ。おまえの弟は危険だ」

その言い方にはカチンときた。

「昭良を悪く言うな。あいつは、外に感心がない俺をいろいろと気遣ってくれているだけだ。本当にやっちゃダメなことは絶対にすすめてこない。明るくて話上手で、あいつは俺よりもずっと頭がいいんだ。昭良は俺とちがって社交的で友達も多い。昭良のバイオリンのテクに度肝を抜かれたあと、みんなが昭良を好きなんだぞ。頭の固い業界の年寄りたちも、昭良のバイオリンのテクに度肝を抜かれたあと、ちょっと話しただけでファンになっちゃうんだ。あんただって昭良に会えば絶対に好きになる」

ビシッと断言したが、高坂に鼻で笑われてしまった。

「どうしてそこで笑うんだよ。絶対に絶対に俺の言った通りになるんだからなっ」

「そうなのか?」

うっと真佐人は言葉に詰まる。真正面から主張を受け止められても戸惑ってしまう。

「昭良は、その……いつも注目の的で、たぶん華があるんだと思う。だから、きっとあんたも昭良に興味を抱くんじゃないの。いまは俺が目の前にいるからこっちを見ているみたいだけど……」

昭良は老若男女にモテる。明るい性格は真佐人と一緒にいるといっそう際立つのだろう、人が集まる場では、真佐人よりもずっと衆目を集めるのだ。

「俺が昭良に興味を持って、おまえに向けている関心がなくなっても構わないのか」

そんなふうに具体的に言われて想像しないわけにはいかない。明日、雨が上がったら昭良のところまで送ってくれると言ったが、高坂は昭良に会ったら真佐人のことなどどうでもよくなってしまうだろうか。いま、こんなふうに真佐人に興味津々だと言っている高坂が。

「そりゃ、あんたと先に知り合ったのは俺だから、あとから会った昭良の方をより気に入るのは面白くないけどさ、それは、しかたがないことなのかな、って……」

もごもごと本心を吐露《とろ》してみた。鬱陶しいことを言ってしまったかと、高坂をちらりと横目で窺うと、滲むような笑顔になっている。

「そうか。俺が昭良の方を気に入るのは、嫌か」

「………でも、昭良はいいヤツだよ」

くくくと笑いながら、高坂が腕を伸ばして真佐人の肩を抱いてきた。髪に頬を寄せられても、真佐人は抗うことなくじっとしている。なにをするんだと突き飛ばす気にはなれなかった。むしろ自分からすり寄って、ちょっとばかり甘えたい気分になっている。

「真佐人、茶髪とピアスが悪いとは言わないが、おまえの弟は俺の好みじゃない。その気にはならないな」

「は？　その気とか好みとか、そういう話をしていたわけじゃないんだけど」

「そういう話だろ」

「えー、気に入るかどうかってことだよ」

「俺にとっては一緒だ」

「あんたの頭の中はエロ一色なのか？　もう……。でもさ、そういう好みって、会ってみたら変わるかもしれないよ」

「バカ、俺の好みはおまえだ」

そっと、大切なことのように耳元で囁かれた。その言葉をゆっくりと噛みしめるように体に取りこんで、真佐人は視線を高坂に向ける。至近距離にある男くさい無精ひげの顔は、真佐人だけをまっすぐに見つめていた。

「……こんな山に一人で暮らしているから、俺なんかでも良く見えているんじゃないの」

「そうかもな」

自分で言っておきながら肯定されて悲しくなった。下降していく気持ちを隠し切れない真佐人を、高坂がまた笑う。

「暗くなるくらいなら言うなよ、そういうネガティブなことは」

「だってさ、昔から昭良の方が友達が多くて、人気者だったんだ。音楽性だってすごいものを持ってる。俺の友達だって、みんないつの間にか昭良のファンになってた。俺、昭良に勝てる気がしないんだ」

「音楽性については、すまないがわからん。真佐人のことを知らなかったし、この家には楽器の類がなにもないからな。でもピアニストとして仕事の依頼があるんだろう？　どの分野でも腕一本でプロとしてやっていくのには才能がないとできない。仕事があって、ファンがいて、ＣＤが売れるのなら、弟と比べてネガティブになる必要なんてないと思うが？」

「一番売れたのは弟と組んで演奏したＣＤだよ。もちろん、俺だけのピアノでＣＤも発売してそこそこ売れたけど……それって音楽性で売れたのかどうかあやしいから」

「どう、あやしいんだ？」

「俺さ、年相応に見られたことがないんだよね。昭良と並ぶと、俺の方が弟に見られる。一般の人の目には、俺がピアノを弾く姿って子役が上手にセリフが言えたのとおなじように見えているんじゃないかと思うことがある。わー、よくできましたねー……って感じ」

「俺にはおまえの方が昭良よりかわいく見えるが？」

「だから、かわいく見られたくないんだってば」

真佐人はツンと唇を尖らせて不満を口にする。その表情が子供っぽいことには気づいていない。

「クラシック界のイケメン兄弟なんて呼ばれて、ＣＤジャケットに顔のアップの写真が使われないと売れないのってどうなんだよ。ファッション誌のグラビア撮影なんてしょっちゅうだし、テレビのバラエティ番組からもオファーがある。俺はピアニストだっての。童顔で売ってるタレントじゃない。色モノ扱いされて勘違いした女の子たちにキャーキャー言われるのは間違っていると思うわけ」

話しているうちにどんどん情けなくなってくる。真佐人はピアノの腕だけで勝負をしたいのに、なかなかそうはならない。コンサートを企画しても、プロモーターは真佐人のルックスで宣伝を派手に打ちたいと言う。そうしなければチケットが完売できないと主張されたら、真佐人は口を閉ざすしかないのだ。それが悔しい。

「きれいな手だ」

高坂が真佐人の手をそっと持ち上げて、しみじみと呟《つぶや》いた。確かに男の手にしてはきれいだろう。ケガを恐れて重い荷物を持たないとか、スポーツは一切しないとか、家事すらまったくしないという音楽家は多い。真佐人と昭良はそんな窮屈《きゅうくつ》な生活はしたくないので、ごく普通に暮らしているが。

「このきれいな手が、いったいどんな音楽を奏でるのか、聴いてみたいな」

「CDを買って聴いてみてよ」

「必ず聴こう」

口先だけの社交辞令には聞こえなかったので、真佐人は嬉しくなる。高坂はその手の甲に、そっとキスをした。こんな気障《きざ》なことをするのは外国人だけだと思っていたので、真佐人は唖然とする。

「………なに、やってんの？」

「音楽家の手に敬意を表してみた」

真顔で言われて、真佐人は赤面してしまった。高坂は生粋《きっすい》の日本人にしか見えないが、もしかしたら外国で生活したことがあるのかもしれない。

「恥ずかしいことするなよ」

「どうして恥ずかしいんだ。音楽家の手であることは間違いない。おまえはもっと誇っていいんじゃないのか。プロとして世間に認められるほどの才能と、幼児期からの弛《たゆ》まぬ鍛錬《たんれん》によっていまの真佐人があるんだろう。ピアニストがほんの数年の手慰み程度の練習でできあがるなんてこと、だれも思っちゃいない。真佐人は何歳から弾いている？　物心ついたころにはもうピアノの前に座っていたんじゃないか？」

「………たぶん、二歳とか、三歳だと思う。最初がいつだったかは覚えていない」

「ほら、記憶がないほど幼いころから練習してきたんだろ。だったらイケメン兄弟ともて囃《はや》されているだとか、色モノだとか、卑屈《ひくつ》になる必要なんてない」

「でも………」

「真佐人、俺は音楽なんて専門外だから偉そうなことは言えないが、人前で技能を披露するタイプの芸術は、容姿が客の目にとまるのはしかたがない。真佐人の音楽は、この姿とピアノの技術、曲の解釈、演奏のすべてが融合していてこそのものなんじゃないのか?」

ふっと肩から力が抜けていくような気がした。

かつて父親にもおなじようなことを諭《さと》されたことがあるのを思い出す。あれは小学校高学年のころ、真佐人は昭良の腕が羨《うらや》ましかった。二つ年下の昭良の方が、自分よりずっと才能に恵まれているとわかり、大好きな弟を恨みたくなくて悩んだ。日本でコンサートがあり、ひさしぶりに帰国した父親に辛い胸の内を打ち明けた。

『真佐人には真佐人の音楽がある。練習しなさい』

アドバイスはそれだけで、まだ十歳そこその真佐人には、その言葉にこめられた意味を正しく受け止める力はなかった。数年後になんとなくわかってきて、いまではもう昭良を羨むことはなくなっている。昭良も昭良なりに自分のバイオリンを追求し続けていて、浅くはない懊悩《おうのう》があるのを、真佐人はもう知っているからだ。

自分は自分らしくあればいい。それはわかっている。けれど――世間の自分を見る目が、真佐人にはいまいち納得できていなかった。だがいま高坂に静かに諭されて、すとんと胸に落ちてくるものがあった。音楽のことなんて、なにも知らない男なのに。

高坂が真佐人の白くて細い手を、大きな手で包みこむようにする。

「極端な例かもしれないが、パリのオペラ座なんてどうだ。行ったことがないが映像でなら見たことがある。建物自体が芸術で、客はまず場所に魅了されてそこに陶酔《とうすい》する。素晴らしい劇場と、素晴らしい演目、素晴らしい出演者、すべてが揃って、ひとつの芸術になるんだろう？　おまえの場合もおなじと思えよ。このかわいらしくてアクのない顔と華奢《きゃしゃ》な体、けれどパワーに溢《あふ》れるテクニック、あるいはまったりのんびりした雰囲気そのものの優しい音色、すべてが融合して真佐人というピアニストの音楽になるんだ。どんな芸術だって、そうなんじゃないのか？」

すべてが融合している。容姿だってピアニストの真佐人を形作る一部だと、高坂は静かに説いてくれた。

「ここに楽器らしいものがなにもなくて残念だ。真佐人の音楽を聴きたい」

口先だけでなく心からそう望んでくれているとわかる高坂の目に、真佐人は胸がじんとした。無精ひげの高坂が洗練された紳士に見えてくるから不思議だ。高坂に握られたままの手を、真佐人は見下ろす。ときどき愛撫《あいぶ》されるように指の股を擦られたり、何度か甲にキスをされたりしたが、真佐人は咎めることなく手を預けたままだ。

「高坂さんは、変わった男だな」

「そうか？」

指先をきゅっと揉まれて、真佐人は目を閉じたくなってきた。これはわざとだろうか。ささいなスキンシップからはじまって、じわじわと真佐人の警戒心を解いていく作戦だとしたら巧みすぎる。真佐人はもう、高坂のことをいい人だと思っているし、触られても嫌悪感はまったくない。昨夜の快感が、股間にずくりとよみがえるような気がした。

「なあ、これって……わりと本気で口説かれているのか？」

我慢できなくなってストレートに聞いてしまった。高坂は目を丸くして、すぐにプッと吹き出す。肩を震わせて笑いながら、真佐人の手をぐっと引っ張った。高坂の胸にすっぽりと抱きこまれてしまう。

「そうだ。俺はおまえを本気で口説いて迫っている。好みだと言っただろう？」

頬に手が添えられて、覗きこむようにされながらチュッと触れるだけのキスをされた。唇がじんとすこし痺《しび》れるように熱くなる。昨夜のように気持ちよくしてくれるのかなと、抑えようとしても期待が膨らんできてしまう。

高坂の厚めの唇を物欲しげにじっと見つめる。その唇が緩やかな曲線を描いて笑った。

「俺のキスが気に入ったか？」

どうして自信たっぷりなんだ、この男は。でもその通りなので、

「ん」

もっとして、という意味をこめて唇を尖《とが》らせる。高坂は微笑みを浮かべたまま、またキスをしてくれた。チュッチュッと何度もついばむようにキスをされて、だんだん物足りなくなってくる。昨夜のように舌を絡める濃厚なキスがほしくなってきた。

そっと唇が離れていくから、追いかけるようにしてすがりついた。

「なんだ、もっとしてほしいのか?」

もう、本当に意地悪だ。たまらなくなって、真佐人は自分から高坂の唇に嚙みつくようにしてキスをした。

「んっ………」

重なった唇の間から、真佐人は舌を差し出した。すぐに高坂の舌が遠慮なく絡んでくる。真佐人の薄い舌は器用に搦《から》め捕《と》られて、扱くようにされて、口腔が快感でいっぱいになった。足の間がずくんと疼《うず》く。淫《みだ》らな動きでこれでもかと濃厚なくちづけをされ、真佐人はぐずぐずになってしまう。

腰を攫《さら》うように持ち上げられ、高坂と向き合うようにして膝に乗せられた。山男らしいたくましい太腿《ふともも》をまたぐようにされたからバスローブの前がはだけてしまい、下着をつけていない股間が見えてしまう。はしたなくも緩い角度で頭をもたげていた真珠入りのそれに、高坂が触れてきた。重ねたままの口の中で真佐人は呻《うめ》いたが、高坂の大きな手はその下の二つの袋までまとめて揉んでくる。

「んんーっ」

びくんと全身で反応した。痛いほどの力で揉まれて、真佐人は強い快感に背中をふにゃんと蕩けさせる。口の中と股間を思うままに、ねちっこく嬲《なぶ》られた。勃起したペニスの真珠をこりこりと指で転がされると尻が震えるほど感じる。すぐにでも射精してしまいそうなほど

快感が強くて、真佐人は目を潤ませる。

唇が離れたとたん、真佐人は「あんっ」と切ない声をこぼしてしまった。

「おい、なんだその色気は。こちとら禁欲生活が長いんだ。もう止まらないぞ」

高坂の口調はふざけているが、目がそれを裏切っていた。挑みかかってくるようなまなざしに、これからの濃厚な時間を期待してしまう。

「と、止めなくて、いいっ」

「煽《あお》るな」

「もっと、気持ちいいことして……」

このまま暴走してしまいたいと訴える若い体を悶《もだ》えさせて、真佐人は無意識のうちに高坂を視覚からも煽っていた。

高坂がチッと舌打ちして、真佐人をソファに押し倒してくる。

「ああっ」

明るいリビングのソファの上で両足を広げられ、そこに顔を埋められても甘く喘ぐだけで、真佐人はまったく抗わなかった。ただ気持ちよくて、絶対に酷いことはされないだろうという信頼感もあって、すべてを預けた。

だから後ろの窄《すぼ》まりに高坂の指が滑り下りてきたときも、かすかに震えただけでなにも言わなかった。はじめて他人にそこを触られて、違和感はあったけれど嫌悪感はない。

「ここ、いいか?」

高坂も興奮しているようで、そう訊ねてくる息が荒い。真佐人はこくんと頷いて、高坂がいったん上から退くのを見送った。なんとなくそうかなと予想した通り、高坂はキッチンからオイルの瓶を取ってきた。それを指先に垂らして、真佐人の後ろに塗りつける。

「あっ………」

ぬくりと入ってくる指は、痛くなかった。とても慎重に奥まで侵入してきて、真佐人をただ気持ちよくしてくれる。

「痛くないか?」

「き、気持ち、いい……」

「そりゃよかった」

くくくと高坂がまた耳元で笑い、ゆっくりと二本目の指を挿入してきた。その太さに慣れると、指は三本に増やされた。そこがいっぱいに広げられる感覚に、頭がぼうっとして指先まで厚いなにかがいっぱいに満ちているような気がする。弾けそうなそれをもてあまして、真佐人はもじもじと尻を蠢かした。

「かわいいおねだりだな」

ねだってなんかいないと抗議したかったが、そこから指が抜けていく感触にぞくぞくと背中を震わせているうちにどうでもよくなった。後ろが高坂の指の形に広がってしまっている。

閉じる前に、そこにもっと熱くて太いものがあてがわれた。高坂の顔を見ていたかったのに、挿入の苦しさに目を開けていられなかった。

「ああ、あっ、あ……っ、おっき……、それ……おっきいよ……っ」

「悪いな、こればっかりは小さくさせられないんだ」

「ひっ……あぅっ」

腰を揺すり上げるようにされて、すこしずつ真佐人の中にそれが入ってくる。広げられる痛みと熱い充溢《じゅういつ》感に、真佐人は忙しなく息をした。

上になっている高坂の腕に爪を立ててしがみつく。固い筋肉に覆われた腕は、真佐人の爪くらい虫がとまった程度にしか感知しないのか、停滞することなく侵入してくるそれは、根元までしっかりとおさまってから止まった。

「は、はいっ……た……?」

「入った。はじめてなのに、すごいな。おまえの中、気持ちいいぞ」

自分の体がだれかを気持ちよくしているなんて、すごいことだ。しかも相手は高坂で、真佐人よりもおそらくずっと年上で経験も豊富そうなのに、気持ちいいと言ってもらえた。

「嬉しい……」

喘ぎと一緒になって、本心がぽろりと言葉になってこぼれた。とたんに体内におさまっている高坂のそれがぐっと一回り膨張したような感じがする。

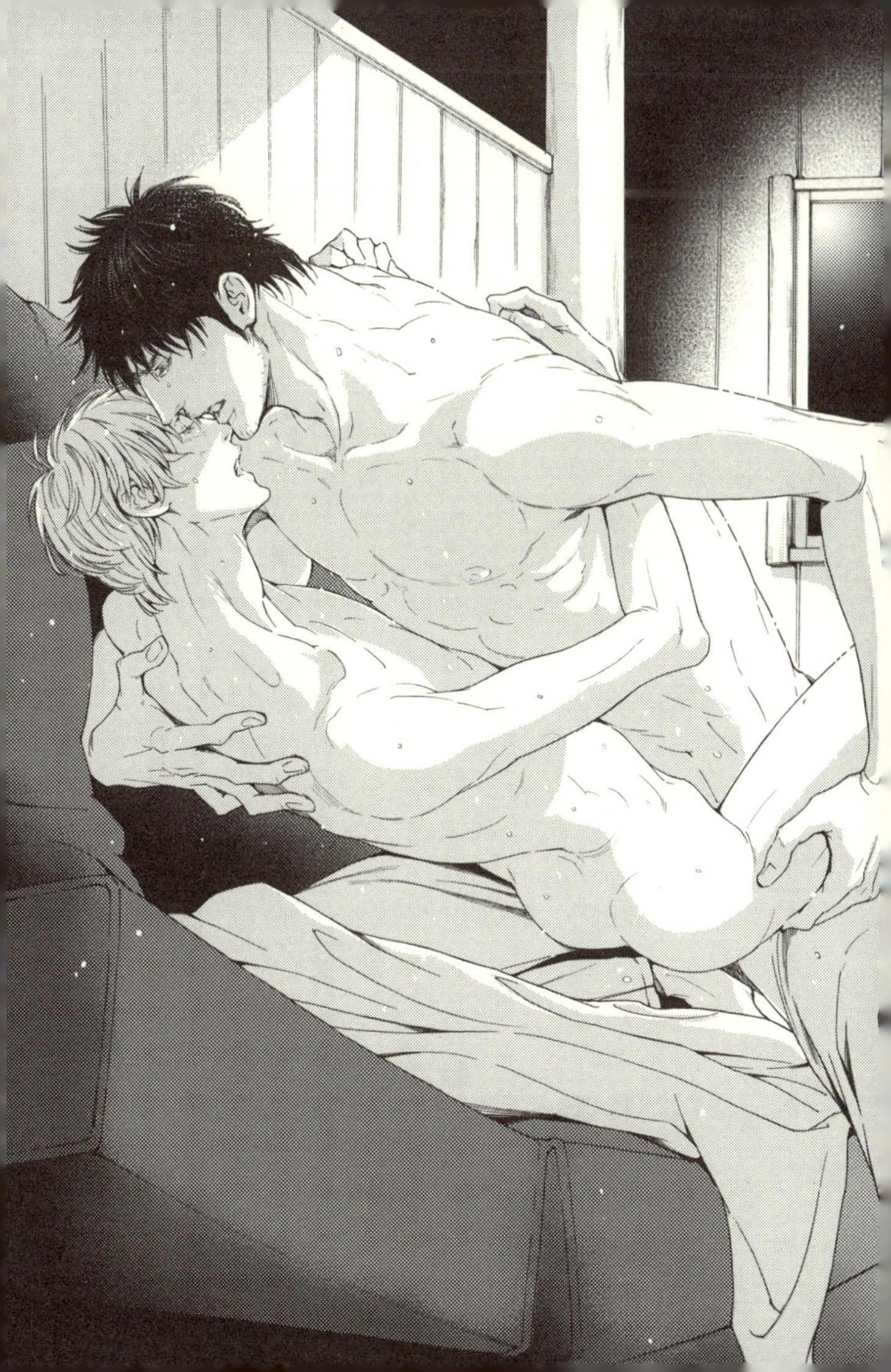

「やだ、苦しいっ」

「おまえがかわいいこと言うからだろうが。自業自得だ」

意味がわからない。なにが自業自得なのかと訊ねたかったが、高坂がぐっと腰を動かし出したので言葉らしいものはなにも言えなくなった。小刻みに揺すられて、痛みの中にかすかな快感を見つけてしまい、それで頭がいっぱいになる。

痛いのに、すこし気持ちいい。ソファがギシギシと軋むほどに高坂が熱心に真佐人を穿《うが》つ。

「あっ、あっ、あっ」

勝手に甘えたような声が口からこぼれたが、高坂は頬やらまぶたやらにキスの雨を降らして口を塞ぐことはしなかった。大きな体に包みこまれるようにして抱かれて揺さぶられて、もみくちゃにされながらも高坂に大切にされていることは感じた。

「くそ……、もう……っ」

やがて耳元で高坂が不本意そうに低く呻き、胴を震わせる。体の奥が濡れた感触がした。ひとつ息をついて高坂が上体を起こし、そっと繋がっているところを解く。真佐人のペニスは勃起したままで、タイミングを合わせて一緒にいくことはできなかった。

「いかしてやるから、そんなに悲しそうな顔をするな」

高坂が滲むような苦笑をして、真佐人を扱いてくれた。昨夜の一回ですっかり真佐人のいいところを覚えられてしまったようだ。あっという間に射精まで導かれ、真佐人はくったりとソファに沈む。

「二回戦といきたいところだが、初心者には無理はできないな。風呂に入れてやろう」

横抱きにされて軽々と風呂場に運ばれた。清潔そうなユニットバスだった。バスタブは一般的な大きさ。体格のいい高坂にはすこし狭いのではないかと思う。

高坂は真佐人を洗い場に下ろし、ぬるめのシャワーで汚れを流してくれた。その間に空のバスタブに湯を張ってくれる。

「ほら、尻を上げられるか？　中出ししたから洗わないと」

「えっ……」

さっきまで高坂と繋がっていた部分を見せろと命じられて、いまさらながら真佐人は羞恥がわいた。湯気がたつ風呂場で、窓からは昼の光が差している。外は雨でも時間的に真っ暗にはならない。

「なに赤くなってんだ。いまさらだろ」

「いや、でも……、そんな……」

「恥ずかしがってる場合じゃない。ほら、尻を浮かせろ。指が入らない」

「自分でやるっていう選択肢は……」

「いいから、やらせろ。自分でなんてできないだろ？」

ぐずぐずする真佐人を高坂がなんだかんだと宥《なだ》めすかしてきて、結局は命じられた通りのポーズをとらされてしまう。

「やだ、それやだ、やだやだっ」

「うるさい。かき出すだけだ」

ただの排泄器官だったところを、たったいま性器にされたのだ。感じるようにされたばかりのところを指でかき回されたら、どうしたって感じる。

「勃《た》っちゃう、勃っちゃうからぁ」

「ああ、わかってる。エロい顔でめそめそするな。こっちまで勃起するだろ」

わけのわからないことを言われ、後ろを洗われながら前を扱かれるという、エロオヤジのコンボ技でいかされた。

ぐったりと脱力した真佐人は湯が溜まったバスタブに入れられて、洗い場で豪快に体を洗う高坂を眺める。セックスいたしてしまったリビングも明るかったが、高坂の体をじっくり見る余裕なんてなかった。改めてこうして見てみると、高坂は非の打ちどころのない素晴らしいスタイルなのがよくわかる。男性下着のモデルができそうだ。

おまけに股間のそれも立派だ。萎えているが、それでもじゅうぶんな大きさで、黒々としたヘアに囲まれてぶら下がっている。あれが勃起したのだ。たくましすぎるほどのサイズと固さになって真佐人を翻弄したのかと思うと——目が離せない。

「おい、いつまでガン見してんだよ。そんなに他人のチンコが珍しいか」

「他人…っていうか、高坂さんのだろ。おっきいね」

「いまさらなに言ってんだ」

「だって、さっきはよく見えなかったもん」

高坂が隠さないから、すべてがよく見える。これが勃起した状態になるとどんな感じなのか、はっきりと見てみたいという欲求がむくむくとわき起こった。もっとよく見ておくんだったと、とんでもない内容の後悔が真佐人を不満げな表情にする。

「どうした、どこか痛むか？」

ムッとした顔の真佐人を気遣って、高坂が目線を合わせるようにしゃがんだ。

「見たい」

「なにが？」

「あんたのソレが勃起したところ」

「はあ？　もう一回やりたいってことか？　俺は構わんが、おまえはもう疲れただろ。せっかく手加減してやったのに」

呆れた顔をされて、真佐人はムキになった。

「あんたはさっきと昨夜と、二回も俺のお宝を見ただろ。俺はまだじっくり見ていない。不公平だ。もっとよく見せろ」

「俺のイチモツはおまえの真珠ちゃんとちがって、ごく一般的なものだぞ」

「いいから、見せろ」

真佐人が譲《ゆず》らないと、高坂はため息をついて立ち上がった。目線よりすこし上に高坂の股間が来る。高坂は自分のペニスを指で挟み、見せつけるようにぶらぶらさせた。

「そんなに言うなら、勃たせてみろよ」

よーし、やってやろうじゃないかと、真佐人はその気になった。無謀にも高坂のそれに口を寄せる。驚いた目をした高坂に、ふふんといい気分になった。はじめての奉仕は風呂場で、となった。

萎えたペニスに舌を這《は》わせると、反応よく大きくなっていく。すぐに手で支えなくても天を突くほどになり、真佐人は夢中になって口腔にくわえたり舌を絡ませたりした。大きすぎて口腔に入り切らないから、指で根元を扱いた。経験はなくともエロ画像なら見たことがある。フェラチオは男女間の行為と変わらないだろうと、記憶にあるそれを思い出しながらやった。

立派なサイズに、ついうっとりしてしまう。こんなにすごいものが自分の中に入って暴れたのだ。後ろがずくんと疼く。これで感じるところを抉《えぐ》られたときの快感が忘れられない。体を繋げたときのことを思い出しながらくわえているから、無意識のうちに美味しそうにしゃぶっていた。

「おい、うまいじゃないか。童貞だったはずなのに、どこで覚えた?」

不審そうに聞かれたけれど口が塞がっているので答えられない。無視する形になったからか、高坂がチッと舌打ちして真佐人の後頭部を手で押さえてきた。喉を突くように腰を振られて息が詰まる。苦しくてもがいたが喉に射精された。

「げほっ、げほっ、なに……すんだよ……っ」

唾液まじりの白濁した体液を洗い場に吐きだした。涙目で睨み上げると、高坂は眉間に皺を寄せている。

「どこで覚えたのかって聞いた」

「そんなの、ＡＶに決まってんだろ、バカッ」

「なんだ、ＡＶか」

ころっと態度を変えて、高坂は「悪かった」と真佐人をバスタブからひょいと引き上げた。

「あ、おまえも勃ってるじゃないか。こんどは俺の番だな」

「……してくれるのか？」

「そういう言い方は正しくないな。俺がやりたくてやるんだ」

高坂の口調はきっぱりしていながらもほのかな甘さを含んでいて、真佐人はくすぐったい気分になる。

洗い場に座らされて、真佐人は高坂に口腔で気持ちよくしてもらった。そのときに洗ったばかりの後ろに指を二本も入れられて、またもや盛大に喘がされたのは余計だったと思う。

翌日、天気予報通りに雨が上がった。高坂が昭良のいるホテルまで車で送ってくれるというので、真佐人は服を借りてバスローブから着替えた。一昨日に着ていた服はデニムと革ジャンの下に着ていたシャツ以外は雨と泥でダメになった。デニムは洗ってもらって、高坂の大きすぎるセーターと、つま先に詰め物をしたスニーカーを身につける。革ジャンとショートブーツは丸めて袋に入れてもらった。

左足首はまだすこし痛むが、立つことはできるようになっている。湿布と包帯で固定しているので、短い距離ならなんとか歩けるだろう。高坂はできるだけ歩かせないように、家の中はほぼ抱っこで運んでくれた。

「真佐人」

昭良を見つけた知人と無線でやりとりした高坂が二階から下りてきて、準備を整えた真佐人をじっと見つめてくる。

「うん?」

「………真佐人」

「俺はこの家で一人暮らしだ。仕事はやりがいがある内容だが単調で、刺激に飢えていた。ここ数年は恋人もいないから肉体的にも飢えていた。おまえのような好みのタイプが目の前にいたら、喰いたくなるのは、まあ当然だと本能に身を任せた部分が大きい。軽い気持ちで手を出したのは否定しない」

「……俺、あんたとここでどうこうしたからって、責任とれなんて言うつもりはないけど？」

澄ました顔でそんなドライなことを言ってみると、高坂は低く唸った。

「いや、そういうつもりで言っているわけじゃない。むしろ逆で……」

「逆って、どういう？」

「おまえのすべてがことごとく俺のツボなんだよ。もう、行きずりで片付けられる関係じゃない。できればまた会いたいんだが……」

やっと言った。高坂がなにも言わなくても、いったんは東京に戻るけれど、用事を済ませたらすぐにでもとんぼ返りをして強引に押しかけてしまえと思っていた。真佐人には高坂とこれっきりになるつもりなんて微塵《みじん》もない。

昨日は二人して爛《ただ》れた時間を過ごした。ソファで抱かれたあと風呂場でもして、二階の寝室に連れこまれたあとはベッドでエロの限りを尽くした。いくらやっても飽きなくて、キスひとつでその気になった。

しまいには高坂のペニスに愛着までわいてきて、まさか遅咲きの淫乱ビッチになっちゃったのかな、と不安が頭をよぎった。だが、たとえば昭良の友達で真佐人を誘ってきた男とセックスできるかと想像してみたが、「絶対無理」という答えしか出てこない。

素直に、この衝動は高坂限定なのだと認めることにした。体の関係が先行してしまったけれど、このまま別れるなんて嫌だ。

「えへへ」

真佐人は笑み崩れながら高坂の首に腕を回してぶら下がった。

「いいよ。俺もそう思ってた」

「そうか」

高坂はホッと安堵した笑顔になり、真佐人を抱きしめてきた。太い腕にぎゅっと抱かれると、たまらない安心感に包まれる。

「でもさ、どうやって連絡を取り合えばいいんだ？　俺、無線なんて使えないんだけど」

「携帯電話がある。この家の付近は圏外だが、通じるところまで山を下りればいい。二、三日に一度は麓の店まで買い出しに行くから、そのときに電話をするかメールを送る」

「ん、わかった」

それだけじゃ寂しいとワガママを口にすることもできたが、真佐人は頷いた。お互いに仕事があるわけだから、自由がきかない部分はしかたがない。

「俺さ、仕事が詰まっているときはぜんぜん暇がないけど、そうでもないときはわりと時間があるんだ。ここに来てもいい？」

「来てくれ。前もってメールで知らせてくれれば、麓まで迎えに行く。俺も、休みが取れたら東京まで出よう」

「来てくれるの？」

わぁと喜んで笑顔を向けたら、高坂が「行くよ」とキスをしてくれた。たっぷりと舌を絡め合って、気持ちを確かめる。これがこの場限りの口約束でないことを、真佐人は疑わなかった。


山を下りて高坂に連れていかれたのは昭良が宿泊しているというビジネスホテルではなく、隣接したビルに入っているレストランだった。そのビジネスホテルには来客が待っているスペースがないらしい。とうに昼を過ぎているが昭良はまだ寝ているだろうから、待たなくてはならないと、説明されなくてもわかる真佐人は頷いた。もともと昭良は夜型で、夕方から夜間にかけて開かれることが多いコンサートには向いている。昭良がチェックアウトしてくるまで待つことになった。

高級感があるレストランはメニューを見る限りフレンチでもイタリアンでもなく、いわゆる洋食。午後二時を過ぎてランチタイムは終了していたが、朝食を遅めの時間にがっつり食べさせてもらったので腹は空いていない。ティータイムメニューを見て、真佐人は紅茶を注文した。オーダーを受けた白シャツ黒パンツ姿の若いウエイトレスは、真佐人の顔をちらちらと盗み見るようにしている。どうやら真佐人が何者か、なんとなく察しているようだ。

テーブルを挟んで反対側に座っている高坂はコーヒーを注文して、店員にメニューを返している。その姿を、真佐人は熱っぽく見つめた。

どこにでもあるようなチェックのシャツに迷彩柄のジャンパーを羽織っている高坂は無精ひげのままで髪も自然、こうして街中で見るとワイルドさが際立っている。男くさくてカッコいいなと、真佐人はちょっぴりドキドキしながら観察した。初対面ではこのワイルドさを怖いと感じたのに、変われば変わるものだ。

「なんだ？」

あまりにもじっと見つめたからか、高坂が訊ねてきた。

「山道で酔ったか？」

「酔ってないよ。大丈夫」

高坂のログハウスを出たのは一時間半前だ。ごついタイヤを穿《は》いた高坂の４ＷＤの車に乗りこみ、狭い林道をのろのろと下りていくこと三十分。やっと舗装された道路に出て、さらに三十分ほど下ったら、民家がちらほらと見えるあたりにたどり着いた。それから三十分ほど車を走らせて、ＪＲの駅がある街にたどり着いた。

昭良の車で山に入ったときは、こんなに時間がかかっていなかった。どうやら真佐人は何時間も山の中をうろうろしている間に、かなりの距離を移動して山をひとつばかり越えてしまっていたらしい。あのブーツでよく道なき道を歩いたなと、高坂に感心されてしまった。

駅前はきちんと整備された街になっている。バスやタクシーが何台も停車していて客を待っていた。飲食店がいくつも立ち並び、観光案内所もある。東京から昭良の車でこっちに来たときは高速道路から直接山に行ったので、まさか駅前がこんなに栄えているとは思ってもいなかった。この駅前を見る限り、そんなに田舎とは思えない。

駅ビルの上には大きな看板があり、『ツルギのきのこ』と書かれていた。看板の隅には椎茸の笠と思われる形状のものを被ったマスコットの絵も描かれている。どこかで見たことがあるのは、あのキャラクターが軽快な音楽に合わせて踊るＣＭを見たことがあるからだろう。注意してみれば、街のいたるところに『ツルギのきのこ』という看板がある。ただの看板だけでなく、直営店もあるらしい。世間に疎《うと》い真佐人ですら、きのこの生産と販売の最大手である株式会社ツルギ産業の社名は知っている。もしかして、このあたりに本社があるのだろうか。

高坂が食べさせてくれたきのこのピクルスを思い出す。美味しかった。また食べたい——。近いうちに暇を見つけて、絶対にこっちまで遊びに来よう。真佐人はひそかに決意する。

「お待たせしました」

ティーカップを運んできたのはさっきの若いウエイトレスだ。

「あの、内野真佐人さんですか？」

思い切った感じで聞いてきたので、真佐人は頷いた。ウエイトレスは頬を紅潮させて「ファンです」と声を弾ませた。握手を望まれたので、真佐人はこころよく頷いた。感激しながら真佐人の手を握る女の子を、高坂がちょっと引き気味に眺めている。

「ありがとうございます。これからも応援していますから、頑張ってください」

「ありがとう」

対ファン用の笑顔をにっこりと浮かべると、ウエイトレスは涙で目を潤ませながら引っこんでいった。静かになってやれやれと座り直した真佐人に、高坂がコーヒーを飲みながら
「本当だったんだな」となんてふざけたことを言った。

「そこそこ有名人なんだって、言わなかったっけ？」

「言ってた」

高坂が微笑むから、真佐人も笑った。男っぽくて大人の余裕が漂う笑みを、真佐人はまたじっと見つめる。

「どうした？」

「もうすぐ帰らなきゃならないから、あんたをよく見ておこうと思って」

正直な想いを口にすると、高坂が苦笑した。

「そんなこと言うな。帰したくなくなるだろ」

甘い言葉を言ってもらえて、真佐人は胸がキュンとする。もう一泊くらいできないかな、と頭の中でスケジュールを探ったが、それよりも昭良と会ってしまったら一緒に帰ることになるに決まっていた。

「おい、あそこにピアノがあるぞ」

高坂が示す方を見遣れば、確かにピアノがあった。黒いアップライトピアノが、店の隅に置かれている。そこが一段高くなっているのを見ると、ただ飾りとして置いてあるわけではなく、生演奏を聴かせるときがあるらしい。

「弾けるかどうか、店に聞いてみるか?」

高坂がそんなことを言い出すとは思っていなくて驚いた。

「プロはこんなところで安易に弾かないものか?」

「ううん、弾く。あんたに聞いてほしい」

高坂は席を立つと、待機しているウエイトレスに歩み寄っていく。ピアノを弾かせてもらえないかと訊ねているのだろう、ウエイトレスが「本当ですか?」と弾んだ声を上げるのが聞こえてきた。ウエイトレスは奥に引っこみ、すぐに戻ってきた。スーツ姿の年配の男が一緒だ。手にはピアノの鍵らしきものを持っている。スーツの男は真佐人を見ると目を丸くした。どうやら店長らしい。

「内野真佐人さんですね。調律してから一週間ほどたっていますが、よろしいですか?」

「そんなの気にしないです。リサイタルじゃないし、ちょっと弾きたいだけだから。面倒かけてすみません」

「いえいえ、あなたの生演奏が聴けるなんて、こんな幸運はありません」

店内に居合わせた数名の客が、何事かと注目しはじめる。そのうちの何人かは真佐人の顔を知っているらしく、色めき立っているのがわかった。一昨日からピアノに触っていないので、まず指慣らしからはじめなければならない。

「じゃあ、軽く」

真佐人はピアノの前に座り、だれもが知る映画音楽をさらっと弾いてみた。高坂がピアノに手をかけて、真佐人の横に立つ。見守られているのを感じながら、真佐人はいつになく曲に気持ちが乗せられることが楽しくなっていた。

だれも止めないのをいいことに、真佐人は思い浮かぶ曲をつぎからつぎへと弾いた。そのすべてが恋の歌だと、あとになってから気がついた。それほど、真佐人は高坂との出会いで自分を変化させていたのだ。

弾きながら横に立つ高坂を見上げると、柔らかな表情で音に耳を傾けてくれている。目が合えば微笑みを交わし、もっと弾きたくなった。楽しい、楽しい、嬉しい。高坂が聞いてくれている。真佐人はいまほどピアノが弾けることに感謝したことはなかった。心情を指に乗せて表現することができるなんて、素晴らしいことだ。

いつしか真佐人は即興で曲を紡《つむ》いでいた。楽しくて、でもすこし切なくて、高坂を頼もしく思うような――そんなメロディー。

「ねえ、高坂さん」

「なんだ？」

弾きながら、この曲の感想を訊ねようとした。そのとき、「真佐人！」と聞きなれた男の声で名前を呼ばれ、手を止める。振り返ると、レストランの入口に昭良がいた。一昨日に別れたときのままの服装で、仁王立ちになってこっちを見ている。

昭良に続いて店に入ってきた長身の男が、もしかしたら無線で連絡を取っていた高坂の知人だろうか。すらりとしたスタイルのいい男で、スーツの上に白いダウンジャケットを着ている。メガネをかけた落ち着いた雰囲気は、高坂とおなじ年頃の三十代半ばに見えた。いきなり駆けだした昭良を呆れた感じで見送っている。

その昭良の形相がいままで見たことがないくらいに険しくて、真佐人は思わず立ち上がっていた。

「真佐人っ、このバカ！」

昭良は体当たりする勢いで真佐人を抱きしめてきた。痛いほどにぎゅうぎゅうと腕で囲い込まれ、真佐人はやや困惑しながらも「心配かけてごめん」と謝る。

「ごめんじゃねーよ！　俺がどれほど心配したと思ってんだ！　ケガは？　足を捻挫したっ

て聞いたが、大丈夫なのか？」

端整な顔をしかめて問い詰めてくる昭良に申し訳ない思いが募る。山に入ったきり連絡が取れなくなり、昭良はずいぶんと心を痛めていただろう。事の発端が昭良の発案による罰ゲームだったとしても、それに従ったのは真佐人だし、成人している大人だ。早々に無理だと判断して戻ればよかったのに、決断できなくてどんどん奥へと迷いこんだのは真佐人の落度だった。

「足は大丈夫。まだちょっと痛むけど、ちゃんと手当てしてもらって安静にしていたから……」

「手当て…って、こいつが？」

ちらりと昭良が高坂を横目に見る。眉間に皺を寄せたその顔には剣呑な色があり、あからさまに胡散《うさん》くさいと書いてあった。昭良の勘は、ある意味当たっているわけだが、真佐人にとっては命の恩人だし、もう大切な人になったのだ。友好的に接してもらいたい。

「この人が遭難しそうになっていたところを助けてくれたんだ。高坂さん、これが弟の昭良」

真佐人は必要以上ににっこり微笑んで紹介したが、昭良の目つきは変わらない。失礼な態度すぎて高坂が腹を立てやしないかと、真佐人は気になった。だがさすがに高坂は大人で、昭良の睨みを余裕で受け流す。

「山守をしている、高坂康行《やすゆき》だ。よろしく」

「……俺は内野昭良、真佐人の弟だけど……血は繋がってないから」

いまこの場でなぜそれをつけ加える必要が？

ちょっとばかりひっかかりを覚えたが、それに続く高坂の「知っている」と、ややドヤ顔の返答にさらにひっかかる。

「君たちはものすごく仲がいいらしいな。いろいろと真佐人に聞いたよ」

「へぇ、なにをいろいろと聞いたんだろうな」

昭良と高坂の間に一瞬、火花が散ったように見えたのは気のせいか。まさかここでケンカがはじまるんじゃないかと、真佐人がおろおろしはじめたとき、高坂がすっと昭良から意識を逸らした。

「鶴来《つるぎ》、いろいろと悪かったな」

昭良のあとに長い足でゆっくりと店の奥まで歩いてきていたスーツとダウンジャケットの男に、高坂が気安い調子で片手を上げる。はぐらかされた昭良がムスッと不機嫌な顔になるのを横目に、真佐人も鶴来と呼ばれた男に向き直った。彼は、やはり高坂が連絡した知人だったようだ。

「はじめまして、内野真佐人さん。高坂の友人の、鶴来祐樹《ゆうき》といいます。鳥の鶴に来ると書いて鶴来です」

「内野真佐人です。いろいろとお手数をおかけして、すみませんでした」

「いえいえ、内野兄弟のお役に立てて、これ以上の喜びはありません」

爽やかな笑みを浮かべた鶴来はインテリぽくて、山男そのものといった高坂との共通点は見つけられない。昔の同級生とかだろうか。鶴来は気安い感じで高坂の肩を叩いた。

「高坂、待たせて悪かったと謝ろうと思っていたが、その必要はなかったみたいだな。プロピアニストの生演奏をこんな間近で聴けるなんてすごいことだ」

「贅沢《ぜいたく》な時間を過ごさせてもらったよ」

高坂が満足そうなので、真佐人は弾いてよかったと思った。

近くに立つと二人とも背が高いのがよくわかる。鶴来は高坂とおなじくらい、百八十センチ以上はあるだろう。真佐人より高い昭良でも百七十くらいなので、二人の会話はほとんど頭上で交わされているようなものだ。

「おい、真佐人」

鶴来と高坂を見上げていた真佐人の脇を昭良が突いてくるから、「ん?」と振り返る。その拍子に、至近距離に顔を寄せていた昭良からふわりとなにかが香った。ボディソープかシャンプーの匂いだろうか。

「なんだよ、俺を待たせておいて、昭良ってばのんびりシャワー浴びてきたわけ?」

ささやかなツッコミのつもりだったのに、なにか言おうとした口をカチンと固まらせて昭良が静止する。真佐人としてはいつもの調子で「色男たるもの身だしなみは大切だろ」なんていう昭良節で言い返されると思っていただけに、意外だ。

「昭良？」

「いや、えーと、酒かっくらって寝たらひどい有様で……だからシャワーを……」

視線を逸らし気味にしながらもごもごと昭良が言い訳をするなんて珍しい。たとえ夜通し飲んで遊んで帰ってきても堂々と「俺は自由だ。しかもまだ若い。遊んでなにが悪い」と言い放つ昭良なのに。

目を伏せて斜め下を向いた昭良の首筋に、虫さされのような赤い痕がついているのを見つけた。こんな季節に虫だろうか。それともどこかにぶつけた？

「昭良、ここ、どうした？　赤くなってるけど」

指で突いた場所を、昭良が慌ててのひらで押さえた。

「い、田舎だから虫が多いんだよ。隣のビジホ、最悪で」

「そうなのか？」

「そうなんだ」

昭良が挙動不審のような気がする。横顔に視線を感じて振り向けば、鶴来の微笑がそこにあった。真佐人と昭良のやりとりを眺めていたらしい。真佐人と目が合うと、にこっと効果音がどこかから降ってきそうな——ある意味、胡散くさい笑顔が作られる。

この人、変な人かもしれない――。真佐人は鶴来を胡散くさい男と認定した。おなじように昭良が高坂を認定していたとしても、絶対に鶴来の方が悪いヤツだと思う。

「真佐人、帰ろう」

昭良が一刻も早く帰りたいそぶりで真佐人を外に連れ出そうとする。

レストランの店長にピアノの礼を言い、四人とも外に出た。昭良のポルシェは路上駐車されていた。駐車禁止の区域ではないようだが、ものすごく目立つうえに道行く車たちの邪魔になっているのは明白だ。さっさと動かさなければ迷惑になる。

「真佐人、また連絡する」

見送りに出てきてくれた高坂に、真摯な目でもう何度目になるかわからない約束をされた。真佐人は「うん」と頷いただけで、それ以上なにも言わなかった。胸が重いなにかで詰まったようになっていて、口を開いたら泣いてしまいそうなほど気持ちがぐらぐらと揺らいでいたからだ。

「おまえのCD買って、毎日聴くよ」

もう一度頷いたところで、先に車に乗り込んでいた昭良がエンジンをふかしながら「真佐人！」と急かすように呼んだ。

人目がなければその長身に飛びつくようにして抱きついてキスしたい。だが昭良と真佐人は有名人で、目立つポルシェのせいもあって周囲には野次馬が集まりつつあった。もう限界だ。それでもぐずぐずしている真佐人を、高坂の方が車へと促してきた。

「もう行った方がいい」

「俺も、連絡する」

「わかった。じゃあな」

「………じゃあ」

名残惜しかったがポルシェに乗りこんだ。右側の助手席に座ってシートベルトをしたとたん、待っていた昭良が容赦なくアクセルを踏みこむ。弾かれたようにポルシェが発車した。あっという間に高坂と鶴来の姿が小さくなり、見えなくなった。それでも後ろを振り返っている真佐人に、昭良がチッと舌打ちをしたのが聞こえた。

「真佐人、ちゃんと前向け。首の筋をちがえても知らねぇぞ」

「………うん………」

「そのダッサイ服、あの熊男のか?」

「着ていた服は泥で汚れてダメになっちゃったから、貸してもらった」

「家に帰ったら捨てろよ。おまえにはそんな安物は似合わないし、あの男のものだと思うとムシズが走る」

冗談ではなく本気で言っている顔つきの昭良に、真佐人はムッとした。

「捨てないよ。洗濯して、今度会うときに返すんだから」

「今度会うとき？　なんだそれ。あいつとどうして会う必要があるんだ」

「そんなの……別にいいだろ……」

ファーストキスもファーストエッチも高坂に捧げてしまいましたと、さすがのブラコン真佐人も言えなかった。昭良がなにかを察して憤《いきどお》っていることは肌で感じる。下手に刺激しない方がいいと、真佐人はなんとなくそう判断して前を向いた。


高層階にある自宅マンションの窓からは、数え切れないほどたくさんのビルと、その向こうに東京湾がすこしだけ見えた。この景色は、日が暮れると同時に美しい夜景となり、真佐人の目を楽しませてくれる。

真佐人には、ピアノを弾くこと以外に趣味らしいものがない。あえてあげれば、夜景を眺めることだろうか。窓際にクッションをたくさん並べて座りこみ、きらきらと輝く光を飽くことなく見るのだ。

山から戻ってから、真佐人の趣味に高坂が加わった。あいかわらず夜景は美しいけれど、目に映っているだけで視覚的な情報は頭に達していない。考えているのは高坂のことがほとんどだった。片手に携帯端末を握り、あの三日間の出来事を何度も何度も反芻《はんすう》する。

あれから一週間が過ぎた。高坂は見かけよりもずっとマメな男で、毎晩のようにメールを送ってくれる。一日おきに電話をかけてきてくれるので、声も聞くことができていた。高坂はわざわざ真佐人とのやり取りのためだけに、仕事を終えた夜、車で家を出て携帯の電波が通じる麓まで下りてくれているらしい。とはいえ時間が決まっているわけではないので、真佐人は携帯端末を手放せなくなった。高坂からのメールや電話にすぐ応じることができるように、肌身離さず持ち歩く。

この一週間で何通かたまった高坂からのメールを開いて、真佐人はニヤニヤと笑いながら読み返した。『CDを取り寄せた。すごくよかった。ゆうべはCDを聴きながら寝たら真佐人の夢を見た』とか『今夜は星がきれいだ。こんどこっちに来たら、一緒に見よう』だとか、高坂なりの精一杯と思われる甘い言葉が綴《つづ》られている。どこの純情少年だと笑いそうになるが、真佐人とて恋愛初心者だ。もっと過激で露骨なセリフを送ってこられても困惑するしかなかっただろう。自分と高坂は、わりとお似合いだと思う。

「真佐人」

昭良が背後で呼んだので、「なに?」と振り返ることなく返事をする。夜景がよく見えるようにカーテンを閉めていない窓に、お洒落《しゃれ》な外出着に着替えた昭良が映っていた。黒いシャツに、リアルファーが襟元にたっぷりと使われた派手なデザインのコートを羽織っている。

いつものように昭良が用意してくれた夕食を二人でとったあと、これから出かけるから着替えるといって昭良が自分の部屋に入っていったのが三十分前のこと。用意ができたらしい。

「真佐人も行かないか。深井《ふかい》や村上《むらかみ》も来る」

二人とも去年セッションしたロックバンドのメンバーだ。深井はギタリストで、村上はドラマー。昭良と馬が合ったのか、ときどき飲みに行っている。真佐人も一度だけ連れていかれて一緒に飲んだことがあるが、溶けこめなくて楽しくなかった。昭良はずっとご機嫌で喋《しゃべ》っていたが。

「俺はいいよ。留守番してる。メールか電話が来るだろうし……」

まだうんともすんとも言わない携帯端末をちらりと見て、夜景に視線を戻す。窓ガラスに映った昭良は、真佐人の背中を見つめていた。

「……あの山男とまだ連絡取り合ってんのかよ」

「んー……まあね」

「真佐人、あいつどう見てもアヤシイだろ。山守なんて、そんなの嘘に決まってる。鶴来からは同僚だって聞いたぞ」

ん？　と真佐人は昭良を振り返る。昭良は両手を腰に当てて、肩をいからせていた。

「同僚？　あのひとも山守なのか？」

「ちがうだろ、どう見ても！　あいつ、きちんとしたスーツ着てただろ！」

「じゃあ、鶴来さんはどんな会社に勤めてんだよ」

「……知らない。そこまでは聞いてない」

なんだそりゃ、と真佐人はふたたび携帯端末に意識を戻す。

「高坂さんのことなにも知らないくせに、アヤシイとか言わないでくれる？」

「山で助けてくれた恩人だからって信用しすぎだろ」

「高坂さんはいい人だよ」

当然のこととしてそう言ったら、怒っていた昭良が思いつめたような表情を浮かべた。

「………真佐人、あいつとなにかあったんだろ。自分で気がついていないのかもしれないが、戻ってきてから、音が変わった」

「えっ………」

びっくりして振り返ると、昭良は端整な顔を歪めている。冗談ではなく本当なのだと悟り、いまのいままで気づいていなかった真佐人はうろたえた。

クリスマス頃から年末にかけて、昭良と二人でディナーショーをいくつかこなす予定になっている。何度か二人で合わせた。自分では違和感などなかったが、昭良は真佐人の音が変わったと思っていたのか。

「変わった…って、どんなふうに？　変なのか？」

「変じゃない。ただ……音に色がついた」

「色……」

「真佐人のピアノは無色透明で正確で、クセがある俺のバイオリンと合わせるとちょうどいい感じになるのがよかったんだ。それがいまは、なんだかキラキラしてふわふわして、真佐人じゃないみたいだ」

キラキラしてふわふわ――。それって、真佐人が高坂を想うときの心象風景に似ているかもしれない。内面がストレートに音となって外に出ているのか。自分ではぜんぜんわからなかった。

「こんなに急激に真佐人が変わるなんて、なにかあったとしか思えない」

確信をこめるようにして言い切られてしまうと、真佐人は「なにもない」なんて否定し切れない。実際にいろいろとあったのだから。それでもはっきり言えなくて黙りこむ。

「あったんだな？　あの二晩の間に、あいつと」

「昭良、その………」

「真佐人の真珠を、あいつは知ってんのか。いままで恥ずかしがってだれにも見せられなかったアレを――」

ああもう、どうしてこんなことを弟に尋問されなければならないのか。

「………知ってる」

もう面倒くさくなって、真佐人は高坂との関係を認めた。

「マジか………」

昭良の声が掠れていた。だれとも付き合った経験がなく、ろくに夜遊びもしなかった兄が、会ったばかりの男と深い関係になったことに衝撃を受けているのだろう――くらいにしか真佐人は思わなかった。口出しをしてくる弟に苛立《いらだ》ちが募ってくる。

「あいつは男だぞ。真佐人、ゲイだったのか？」

「それは……………わからない。でも嫌じゃなかったんだから、ゲイでいいよ」

高坂に最初に迫られたときは驚いて抵抗したが、いまとなってはどうでもいいと思える。きっと自覚がなかっただけで、潜在的に男女どちらでもよかったのではないだろうか。たまたま「いいかもしれない」と思えた高坂が男だっただけだ。

「あのさ、昭良。俺たちは確かに二人きりの兄弟で、いままで精神的に支え合って暮らしてきた。あれこれとおまえに頼ってきたことは認める。すごく感謝しているよ」

「……真佐人……」

「俺、やっと全部を見せられる人にめぐり会ったんだ。高坂さんとはすこしずつ信頼を深めていけたらいいと思ってる。出会ったばかりだからこそ、そういうのは大事だろ。高坂さんとの出会いが俺の音を変えたのなら、それはそれでひとつの成長だと思う。悪い方へは考えないことにするよ」

「でも……、真佐人は女と付き合わなきゃダメだ」

「どうして？」

「どうしてもなにも、真佐人は女と付き合うべきだ」

昭良は頑《かたく》なに言い張る。もともと頑固な性格をしている昭良だ。真佐人が「うん」と言うまで引きそうにない。もうすぐ高坂から連絡があるかもしれないというのに。

「昭良……あのさ、女と付き合わなきゃダメだって、おまえがそれを俺に言うのか？　昭良だって男と寝たことくらいあるだろ。男も女もどっちともできるの、俺知ってるよ」

「えっ………」

愕然とした表情で立ち尽くしている弟を、じっと見上げる。

昭良が特定の恋人を作らないままに遊びで女とも男とも寝るのを、真佐人はずいぶん前から知っていた。だがなにも言わなかった。

明るくて社交的な昭良はよくモテていたし、まだ若いから、そういった衝動があるのは理解できる。それに、成功したからこそのストレスだって抱えている。発散したくなるのは当然だと、真佐人は口を出さないようにしてきたのだ。

「お互いに干渉するのはやめようよ。もう大人なんだし」

「………真佐人………」

「ついでに言っておくけど、もう昭良とは触りっこ、しないから」

高坂に、もうだれにも触らせるなと言われた。言われなくとも、たとえ昭良でも高坂以外の人間に触れさせる気はまったくなくなっている真佐人だ。

立ち尽くしている昭良をちらりと見て、携帯端末で時間を確認した。

「出かけるんだろ。早く行けよ」

「真佐人……」

昭良がまたなにか言いかけたとき、真佐人の手の中で携帯端末がちいさな電子音を放った。高坂から電話だ。真佐人は喜色を浮かべてすぐに応答する。

「もしもし？　高坂さん？」

『よう、真佐人。元気か？』

耳にじんとくる低音に、真佐人は笑顔がこぼれる。この電話のために、高坂はわざわざ夜道を車で下ったのだ。嬉しくてたまらない。

「元気だよ。昨日もおなじこと聞いたけど」

『そうか？』

それから高坂が今日の出来事を話しはじめた。山で冬眠前の熊に遭遇したと聞いてびっくりして、なにごともなかったと知ってホッとした。真佐人も自分のことを話した。来年発売予定のCDに収録する曲を作ったこと、高坂のことを考えていたらいくつも曲が書けて驚いたこと――。

『俺のことを考えた？　なんだよ、エロいことか？』

いきなり色気がこもった声を出されて、真佐人はカッと頬を赤くする。

「そ、そんなことじゃなくて、その……いろいろだよ……」

いや、本当は考えた。高坂とのセックスを、この一週間でもう何回も思い出している。また高坂と気持ちよくなりたい。優しく、そして情熱的に、抱かれたかった。

「……会いたいよ、高坂さん……」

素直に切ない気持ちを訴えたら、電話の向こうがしばらく静かになった。無言になってしまった高坂がなにを考えているのかわからなくて不安になってきたとき、『もしかしたら』と声が聞こえてくる。

『もしかしたら、来週あたりにそっちへ行けるかもしれない』

「ええっ？　そっち…って、こっち？」

『一日しか時間が取れそうにないから、泊まるのは無理かもしれないが、おまえの顔を見たいから行こうかなと……』

「来て！　絶対に来て！　俺、空けとくから。なにがあっても空けるから、来てよ！」

食い気味におねだりしたら、高坂がくくと笑った。懐かしい笑い方に、真佐人は胸が熱くなる。

『そっちに行ける日時がはっきりしたら、知らせる。空けておいてくれ。おまえをまた抱きしめたい』

「……うん……俺も、あんたに抱きしめられたいな……」

『痛いくらいに抱きしめてやるよ。それでおまえの真珠をかわいがってやる』

囁かれただけで、股間がじんと熱く痺れた。

『おまえがもう勘弁してくれって泣くまで、優しく苛《いじ》めてやるよ』

「エ、エロおやじみたいなこと言うなっ」

『悪いな、エロおやじなんだよ』

本気まじりのからかいに、真佐人は顔を赤くしてしまう。

「そういえば、高坂さんっていくつなんだ?」

『言ってなかったか? 三十四だ。もうすぐ三十五になる』

もうすぐということは、誕生日が近いのか。いつだろう。できれば一緒に祝いたい――。

だれかの誕生日を一緒に過ごしたいなんて乙女なことを思ったのは、高坂がはじめてだ。

『いい子にして待ってな』

「言われなくても待ってるよ」

つい突っ張ったようなかわいくない口調で返してしまう。だが高坂は大人の余裕か、くくと笑い声を漏らした。

それから二言、三言交わして、通話は終了した。電話を切ってから、ふと昭良のことを思い出す。振り返ってみると、いつの間に出かけたのか、昭良はいなくなっていた。

白い円卓を囲むのは、男ばかりが十人ほどだ。真佐人と昭良、そしてテレビ番組のディレクターとプロデューサー、司会者のアナウンサー、某交響楽団の関係者が数人という面子《メンツ》だった。

「では、曲目はベートーベンのバイオリンソナタ第五番ヘ長調『春』と、バッハのバイオリン協奏曲第二番ホ長調で決定ということで――」

四十代半ばのプロデューサーが手元の資料になにか書きこみながら、一同にそう告げる。真佐人はソナタのメロディーを頭の中によみがえらせた。二つの曲のうち、真佐人のピアノが入るのはソナタの方だ。隣に座る昭良の頭の中でも、どちらかの曲の旋律が鳴り響いていることだろう。

年明けすぐに行われるクラシック音楽番組の公開録画の打ち合わせだった。バッハとベートーベンという、二人の大音楽家が生きた時代背景を盛りこみつつ、初心者でもわかるクラシックの勉強番組というコンセプトらしい。協奏曲とソナタでは曲の形態がちがうので、おなじようにバイオリンがメインでも本当は聴き比べても意味がない。対象とする視聴者はクラシック初心者。幅広いファン層を持つ真佐人と昭良を起用して、若者やいままで音楽に馴染みがなかった人たちの興味を惹《ひ》きつけて視聴してもらおうという意図だ。

たとえ企画が安易でも、よりたくさんの人たちに音楽の素晴らしさをわかってもらいたいという思いは、真佐人にもある。クラシックに詳しい、いわゆる玄人ばかりを相手に弾くのではなく、もっと気軽に楽しめる場で弾きたいと思っている真佐人は、こうした企画には喜んで参加させてもらうようにしていた。

ちらりと隣の昭良を見遣り、仏頂面のままなのを確認してひそかにため息をつく。

ここのところ昭良は家を空けがちで、寝るために帰ってくるだけになっており、二人の間にほとんど会話らしいものはない。

この打ち合わせも現地集合という形だった。時間通りに昭良は現れたが、その不機嫌そうな表情に、プロデューサーその他の関係者はかなり気を遣っている。いつも陽気な昭良にしては珍しいのだ。人気者の昭良が出演してこその企画なので、機嫌を損ねて「出たくない」なんて言いだそうものならボツになりかねない。

ピリピリとした昭良の不機嫌の元凶はたぶん自分なので、真佐人はみんなに申し訳なくてたまらなかった。かといって、昭良の機嫌をとるために高坂と別れるつもりは毛頭ない。いいかげん拗《す》ねるのはやめて、兄離れしてほしいな——としか、思えなかった。

妙な緊張を孕んだまま打ち合わせは進行していく。リハーサルと本番の時間を楽団のスケジュールと擦り合わせ、なんとか揉め事もなく終了した。いつもの昭良なら関係者たちと雑談に興じ、和気藹々《わきあいあい》と食事にでも行くところなのだが、今日はちがった。結局、にこりともしないままに「お疲れさま」とだけ言って会議室から出ていってしまう。その後ろ姿を、プロデューサーが茫然と見送っていた。たぶん食事にでも誘いたかったのだろう。

「真佐人くん、昭良くんはどうしたのかな」

矛先《ほこさき》がこちらに向いて、真佐人は「えー…と」と視線を泳がせる。どう説明したらいいものか。もともとコミュニケーションスキルが低いので、昭良がいないと業界の偉い人とまともに話ができない。

「たんに機嫌が悪いだけだと思います。すみません。なにか気に入らないことがあったんじゃないかと……」

「それだけかな？　この企画が気に入らないとか、私たちのだれかが嫌いだとか、そういうわけではなく？」

「いや、それはないです。あくまでも、昭良の個人的なことだと思うので……。プライベートをビジネスに持ちこんでしまって、申し訳ありません。演奏はきっちりやるヤツなので、許してやってください」

真佐人が頭を下げると、プロデューサーは苦笑した。

「食事でもと思っていたけど、またの機会にするよ」

「すみません」

真佐人は楽団の関係者にも昭良の態度を謝罪し、変な気疲れを感じながらテレビ局をあとにした。建物を出ると、外は夕暮れだった。十二月は日が短い。ビルに囲まれた狭い空を見上げて、ひとつ息をついた。

世間は間近に迫ったクリスマスムード一色になっている。あちらこちらに大小さまざまなサイズのツリーやリースが飾られ、コンビニや洋菓子店はケーキの予約中というポスターを貼りだしている。クリスマスのあとにはすぐ年末年始の休みもあるせいか、日本全体がなんとなく浮ついているように思えた。

そんな街中を、真佐人は一人でぶらぶらと歩く。仲良く手を繋いでいる男女のカップルを、つい横目で恨めしげに見てしまうのは、真佐人が満たされていないからだろう。

高坂がすごく恋しかった。あのでかい体でぎゅっと抱きしめられたい。キスをして触れ合いたい。

あいかわらず電話でもメールでも高坂はおやじのエロトーク全開だが、ときおり甘いセリフも届けてくれる。一緒に星空を眺めるのはいつになるだろうか。

「……早くこっちに来いよ……」

休みを取れる日がはっきりしないらしく、高坂からの明確な日時の知らせはない。そもそも山守に休みなどあるのか。だれかに交替してもらうのかもしれない。森林組合みたいなところに所属していて、そこから給料が支払われているのだろうか？

学もなければ知識もない真佐人にはわからない。調べてみたらわかるのかな、と思わないでもないが、どこをどう調べたらいいのか見当がつかなかった。真佐人が高坂のところへ行けば話は早いのだが、打ち合わせと練習、リハーサルなどがあって、まとまった時間はなかなか作れそうにない。

やはり一番の問題は距離だろう。会いたいけれど、会おうとなると日帰りはきつい。すくなくとも一泊二日できなければ無理だ。高坂の家にピアノがあればよかったのに。そうすれば練習ができる。山の中だから騒音の苦情など来ないだろう。防音工事をしなくとも心おきなく練習できそうだ。

薪ストーブがあるリビングの真ん中にグランドピアノを置いて、窓際に寄せたソファに座る高坂が弾いている真佐人を見守る――そんな理想の光景が、頭をよぎる。夢物語のようだけれど、頑張れば実現できそうな……予感がする……。真佐人の勝手な妄想だろうか。

「さて、どこでなにを食べようかな」

食事をして帰ったらソナタの譜面を探して練習でもするか――と、そう考えたとき、コートのポケットの中で携帯端末が鳴った。電話だと気づいて取り出す。この時間に電話をかけてくるのは仕事関係くらいしかない。

「えっ……」

表示された名前にびっくりした。

「も、もしもしっ？」

『俺だけど』

恋しいと思っていた相手から、意外な時間に電話がかかってきて一気にテンションが上がる。真佐人は歩道から逸れて、通行人の邪魔にならないように脇道に入った。

「高坂さん、こんな時間にどうしたの?」

『じつは、用事があって東京まで出てきたんだが、もう済んだ。いまから会えないか?』

「嘘…っ!」

すごいサプライズだ。真佐人は歓喜のあまり飛び上がり、携帯端末を落としてしまいそうになった。

「どこにいるの? 俺、どこへ行けばいい?」

『いまいるのは丸《まる》の内《うち》だが、できれば新宿《しんじゅく》近辺で会いたい』

どうやら高坂は車ではなく電車で来ているようだ。新宿を希望したのは帰りの電車の都合だろう。待ち合わせ場所を確認して、真佐人は地下鉄の駅へと急いだ。

高坂に会うのは約半月ぶりになる。二泊三日をともにして、そのあと別れて以来だから、二度目と言ってもいいくらいだ。毎晩、電話やメールをしていたから疎遠になった感じはなかったが、やはり実体に会いたかった。

山守である高坂が丸の内なんかにいったいなんの用事があったのか——。真佐人は会える喜びで頭がいっぱいになってしまい、微塵も疑問に感じることはなかった。

待ち合わせ場所にしたコーヒーショップで、真佐人は目を疑った。

「よう、真佐人」

と片手を上げて気軽に声をかけてきたのは、かっちりとしたスーツを着た長身の男。黒々とした髪はラフに撫でつけてあり、無精ひげはきれいに剃られている。片手にベージュのコートをかけている姿はカッコよくて、どう見てもデキるビジネスマンだった。

「えっ…………高坂……さん……？」

唖然として固まっている真佐人に、高坂はニッと笑った。

「なんだ、わからなかったのか？」

「わ、わからないよ、なにそれ、どうしたの？」

間に挟んでいるテーブルは本当にちいさい。すこし身を乗り出しただけでキスができそうなくらい。そんな距離で高坂が笑うから、真佐人は胸がどきどきしてたまらなくなった。

ずっと会いたい会いたいと焦がれていた男が、びっくりする姿で目の前にいるのだ。山の中にいたときとのギャップがすごすぎて、わけがわからない。いったいどうした？　なにがあった？　真佐人をびっくりさせようとして、こんな格好をしてきたのか？

いや、高坂は用事があって東京に来たと言っていた。その用事のためにスーツを着てひげを剃ってきたのだろう。

「なんだ、似合わないか？」

「ううん、すごく似合ってる。カッコいい」

素直に賛辞したら、高坂が困ったように眉尻を下げた。そんな表情にもきゅんときてしまう。

「そんなスーツ、持っていたんだね。ひげ剃ると、高坂さんってハンサムなんだ。へぇー」

「そんなにじろじろ見るな。変な気分になるだろ。人前だってのに……」

「変な気分？」

「おまえを押し倒してむしゃぶりつきたくなる」

ぐっと真佐人は息を詰まらせた。声がちいさかったから周囲には聞こえなかったようだが、そんなエロトークをコーヒーショップなんかで口にしないでほしい。こんどは高坂の方が真佐人をじろじろと見つめてきた。その視線がどうも淫らっぽくて、真佐人は尻が落ち着かない。

「………あんたこそ、変な目で見るなよ」

「お返しだ。いま頭の中でおまえの服を一枚一枚脱がしているところだ」

「やめろよっ」

実際にされているわけでもないのに半月前のあれこれが急によみがえってきて、カーッと頰に血を上らせてしまった。高坂が喉の奥でくくくと笑う。

「こういうのを視姦《しかん》と言うんだ。覚えておけ」

ううう、と真佐人は俯いて唸った。やだよもう、このエロおやじは、と心の中で悪態をつく。真佐人はそそくさと飲みかけのカップを片付けて、高坂に「出よう」と促した。もともと待ち合わせするためだけの店だ。これから食事にでも行こうということになっていたが、真佐人にそんな余裕はなくなっていた。

道に出て、肩を並べて歩く。こんなふうに街中を歩くことすらはじめてだと気づく。

「高坂さん、どうしてもご飯食べたい？」

「……どうしてそんなことを聞くんだ」

わかっているくせに、年上の男はちょっとばかり意地悪だ。煽るようなことを言って、真佐人を切羽詰《せつぱ》まった状態にした張本人のくせに。

「俺は、あとでもいいかなって思うんだけど」

「そうだな、どうしようか」

曖昧すぎる返事に、真佐人は落ち着かなく視線をさ迷わせる。ちらりと傍《かたわ》らの高坂を見上げて、そういえば大切なことを確かめていなかったと思い出す。

「今夜はどこに泊まるの？　っていうか、泊まれるの？　帰らなくちゃならない？」

「いや、明日の朝の電車で帰ればいいことになっている。昼までに戻れれば」

ホッとして、真佐人はそっと高坂との距離を詰めた。人目があるから手を繋ぐことはできないが、腕が触れ合うほど近くに寄ることはできる。側にいるだけで嬉しくて、真佐人は高坂の歩調に合わせてとことこと歩いた。高坂は足が長いから、身長差のある分、小走りになってしまう。それでもそれが面白くて、ただくっついて歩いていると、不意に高坂が足を止めた。

「ここ、俺が泊まるホテル」

いつの間にかシティホテルの真ん前に来ていた。超がつくほど高級ではないが、ビジネスホテルとは設備もサービスもちがうところだ。エントランスには煌《きら》びやかでありながらも上品なオーナメントで飾り付けられた巨大なクリスマスツリーがある。

「じつはもうチェックインを済ましてある。荷物があったから」

ふーんとホテルを見上げた真佐人の耳元に、高坂が囁いた。

「俺がどんな部屋に泊まるのか、見てみたくないか？」

どくん、と心臓が大きく鳴った。すぐに全身を熱い血がかけめぐり、指先までピンク色になってしまう。つくづく真佐人はポーカーフェイスができない。

「かわいいな、おまえは」

「……うるさい」

言い返したけれど、ものすごく弱々しい声しか出なかった。

ホテルの部屋に入ったとたん、真佐人は高坂に抱きついた。ひげがない高坂の頬はつるりとしていて、キスをするのにチクチクしなくていい。もう我慢できないとばかりに、高坂の唇に噛みつくようなキスをする。

コーヒーショップで気持ちをつつかれて、ホテルのエントランス前で露骨に誘われて、エレベーターで上がる間には手を繋がれて指の間を擦られまくって挑発されて、真佐人は二人きりになったとたんに箍《たが》が外れてしまった。

「高坂さん、高坂さん高坂さんっ」

「はいはい、わかった。落ち着け」

「落ち着けないよ、もうっ」

首にぶら下がった状態の真佐人を、高坂は楽々と抱っこして部屋の奥へと連れていってくれる。そのままベッドに下ろされて、部屋の中を見る暇なんてあるわけがない。落ち着けなんて言いながら、高坂の手つきは荒々しかった。真佐人の服をはぐように脱がしていく。自分のネクタイを毟《むし》るようにして首から外すのを、真佐人は熱で潤んだ目で見上げた。

「真佐人、いい子にしていたか？」

「うん、してた」

「真珠はだれにも見せていないな？」

「見せてないよ」

高坂の大きな手で股間を撫でられ、真佐人はすぐに目を潤ませる。そこがじんじんと熱を孕んできていた。

早く揉みくちゃにされたい。痛いくらいに乱暴にされてもいい。高坂が確かにここにいると実感したかった。だから性急に体を繋げてほしいとねだった。高坂は困った顔になって、中途半端に脱ぎかけているズボンのポケットから潤滑剤のボトルを出す。待ち合わせにすこし遅れたのは、途中でドラッグストアに寄ったせいらしい。

「俺に優しくさせてくれ。すぐにでも突っこみたがっているムスコを宥めているところなんだ。急かすな。半月ぶりなんだから、ちゃんと解さないと」

高坂の言いたいことはわかる。わかるけれど、気が急いてしかたがなかった。

「じゃあ、あんたのそれ、舐めてもいい？」

「どこから『じゃあ』になるんだ」

呆れた口調になりながらも、高坂は許してくれた。男の股間に顔を埋めて、すでに半勃ちになっている立派なものに舌を寄せていく。シャワーを浴びていないせいか、体臭が鼻孔をくすぐった。あの三日間の記憶と繋がる臭いに、真佐人の体が一気に熱くなる。そこに舌を這わせると、ぐんっと勢いを増した。

「ああ、おまえの舌って気持ちいいな」

頭を撫でられながらそんなことを言われて、真佐人は口腔にくわえたまま陶然とした。こんなふうにしたかったのだ。離れていた間、やりたくてたまらなかった。

「じゃあ俺も舐めてやる」

シックスナインのかたちになって、真佐人はすべてを高坂に委ねた。真珠が埋まったペニスを、高坂が舌で優しく嬲ってくれる。皮の下で丸い異物をころころと転がされ、痺れるような快感が背筋を駆け上がった。下半身が蕩けるように気持ちいい。自分でするよりずっと快感が強くて、あっという間に完勃ちになった。

「おまえの真珠をこうしてかわいがってやりたいって、ずっと思ってたよ」

ぐりっと指で真珠を転がされて、真佐人は「あうっ」と背筋をのけ反らせる。同時に潤滑剤でぬめった指が後ろに挿入され、びくびくと背筋を震わせた。もうすぐにでもいきそうになったが、寸前で高坂が愛撫の手を緩めるものだから、いけそうでいけない。

「高、坂さ、高坂さん、いきたい、いかせてくれよぅ」

「まだダメ」

「あっ、あんっ、いいっ」

「ここ、弟にも触らせてないか?」

一瞬、昭良の不機嫌な顔が脳裏をよぎる。だが本当にそれは一瞬で、すぐに高坂がもたらす快感で頭も体もいっぱいになった。愛撫の再開を催促するように、つい腰をゆるゆると振ってしまう。

「そんなこと、どうでもいいよぅ……」

「どうでもよくない。ちゃんと答えろ」

「触らせて、ない。ホントに、だれにも」

「よし、いい子だ」

真佐人の真珠ペニスを、高坂は「よしよし」なんてふざけた口調になりながら、ねちっこく愛撫してくれる。下半身が燃えるように熱い。たまらない。

「ああ、もう、もういく、いくから……っ」

「だから待てよ」

「やだぁ」

真佐人が半べそになったところで、高坂が体勢を変えた。解《ほぐ》されてとろとろになった後ろに、熱くて大きくて固いものがあてがわれる。両足を限界まで広げられて、とんでもない格好になっていることはわかっていたが、それよりもとにかく高坂と体を繋げたい欲望の方が大きかった。

「あ、あ、あ、あ………」

「くっ……、真佐人………っ」

じりじりと入ってくる高坂の欲望が嬉しい。こんなにも興奮して求めてくれているのだとわかる。腰を揺すり上げるようにして根元まで入り切ったあと、感激して震えている真佐人の頬を、高坂が優しく撫でてくれた。

「俺を、待ってたか」

「……うん……」

こくりと頷くと、高坂が目を細めて笑った。あ、この笑顔好き——と、真佐人は胸がきゅんとした。何度もセックスしておきながら、いまさらきゅんもなにもないのだろうが、体が先行して心があとからついてきた。真佐人はこの半月で高坂への想いを募らせ、こうして再会して改めてそれが恋心だと自覚した。

好き。この男が好き。こんなふうに抱かれるのが好き。もっとたくさん抱かれたい——。

「高坂さん……」

切なく名前を呼べば、チュッとキスをしてくれた。

ゆっくりと動き出す高坂にすがりつき、自分のすべてを快感が支配していくに任せた。

「ああ、ああっ、いい……っ」

半月のブランクなどなかったかのように、真佐人の体はそこで繋がる快感を覚えている。

「そこ、いい、いいっ」

「ここか?」

浅いところを切っ先で抉るようにされて、真佐人は声もなくのけ反った。よすぎて涙が溢れてくる。すぐにでもいってしまいそうで、真佐人はいやいやと首を横に振った。

「どうした？　どこか痛いのか？　苦しいか？」

「ち、ちが……、よくて……よすぎて、あたま、おかしくなる……」

激しく揺さぶられながら、真佐人は途切れ途切れに「怖い」と訴えた。どこかの神経が焼き切れてしまいそうな快感だった。

「それは男としては嬉しい限りだな」

張りつめたものを真佐人のそこで出し入れしながら、悔しいことに高坂は余裕の笑みを浮かべている。真佐人はもう限界が近いというのに。

「おかしくなってもいいぞ。正気に戻るまで俺がずっと抱っこしていてやる」

「ほんと？　抱っこ？」

「本当だ」

「あっ、あああっ、あーっ！」

奥深くに叩きつけるような動きに変えられて、真佐人はまたのけ反った。さっきのもよかったが、これもいい。

「も、いく、いく………っ」

「まだだ」

ペニスの根元をきゅっと指で押さえられて、真佐人はまたどっと涙を溢れさせた。甘い苦しみに悶える。

「おまえの中、すごいことになっているぞ。くっ……吸いこまれそうだ……」

高坂が悔しそうな声でそんなことを言うが、真佐人にはわからない。どこがどうなって高坂を喜ばせているのだろうか。

「ね、ねぇ、あ……んっ、ねぇ」

「なんだ」

「中で、出して」

高坂とひとつになりたい。繋がるだけじゃなくて、高坂の命を体に取りこみたかった。そうすれば、また離れ離れになっても耐えられる。

「いっぱい、出して」

「……そのつもりだ」

唇を唇で塞がれた。腰を使われながら痛いくらいに舌を絡められ、快感と息苦しさに眩暈《めまい》がしてくる。唇が離れたときには貪るように呼吸をした。

「ああ、ああっ、あああっ、いく、いっちゃう、あ、あ、あ、あ……」

「もういってもいいぞ」

「いい？　いいの？　いっても、いい？」

「ああ、俺もいきそうだ」

「あ、あぁぁぁっ」

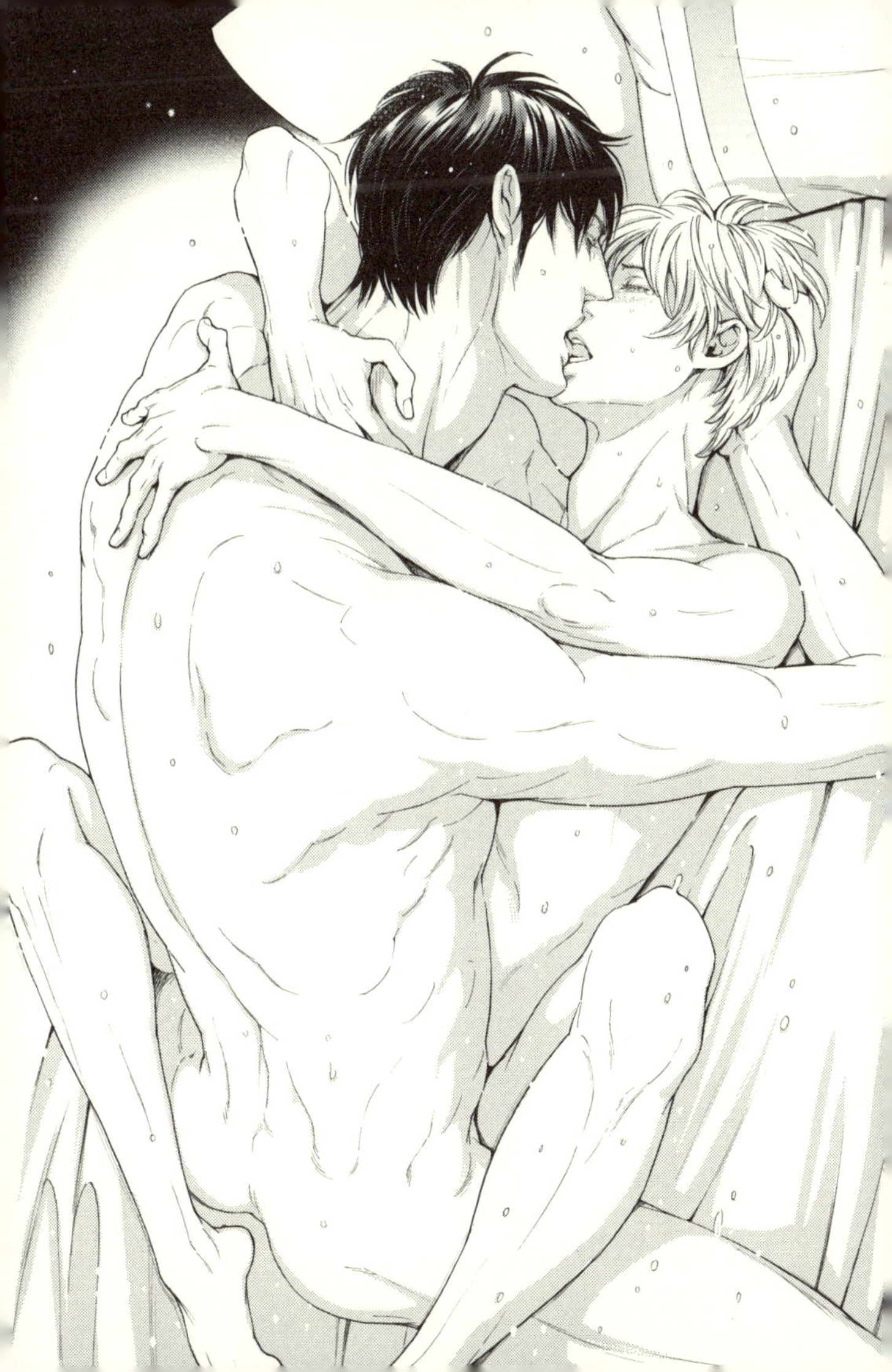

いっそう激しさを増した責めに、真佐人は泣きながら高坂にすがりついた。なにかにつかまっていないと、意識ごと体がどこかへ飛んでいってしまいそうだったからだ。

「もうダメ、ダメ、いっちゃ………っ！」

「真佐人……！」

「いっ………く………！」

ペニスに触れられることなく、うしろへの刺激だけで、真佐人は絶頂へと駆け上がる。体液を自身の腹に撒き散らしながら達した。同時に高坂が熱いものを体の奥でぶちまけたのがわかる。どくどくと注ぎこまれる高坂の命。その脈動にも感じて、真佐人はうっとりと目を閉じる。

前回以上の快楽に、真佐人は満ち足りた息をつく。だが、鼓動と呼吸が元に戻るにしたがって、また高坂が欲しくなってしまう。半月ぶりの逢瀬《おうせ》が一回だけで済むわけがない。

繋がったままの高坂がゆっくりと萎えていくのを引き止めるように、真佐人はそこをきゅっと締めた。でも抜けていってしまう。体を離した高坂を拗ねた目で見上げると、苦笑された。困ったヤツだな、とでも言いたげな顔もまたカッコよくて、きゅんとした。

「これで終わりじゃない。そんな顔をするな」

「ホント？」

「本当だ。勢いでやっちまった。俺もまだ若いな。風呂に入ろうか」

「入る」

抱っこをせがむ意味で両手を差し伸べたら、高坂は望み通りに抱っこしてくれた。がっしりとした体はやはり真佐人を抱えてもびくともせずにバスルームまで運んでくれる。移動しながら落ち着いて部屋を見てみると、なかなかに広い。エグゼクティブスイートだろうか。

これはバスルームも期待できそうだと、真佐人は高坂の首に腕を回してご機嫌になった。

「わあ、いいね、ここ」

「そうだな」

バスルームは期待以上に広かった。窓からは夜景が見えるし、バスタブは成人が三人か四人は入れそうなサイズだ。しかもジャグジー付き。ただ湯が入っていない。高坂が操作パネルのボタンを押すと、バスタブの四方に空いた穴から一勢に湯が吹き出てきた。溜まるまでの間に二人でシャワーを浴びた。

くちづけしながら熱い湯を浴びる。お互いの体を手で洗い合った。体液その他をきれいに流したころ、バスタブに湯が溜まった。二人でそちらに移動する。

湯の中で高坂に抱っこされて、真佐人はたっぷりと甘えた。ひげのない精悍《せいかん》な顔にたくさんキスをしてリアル高坂を堪能する。ずっと会いたくて、こんなふうにくっつきたくてたまらなかったのだ。

「高坂さーん」

「なんだ」

「えへへへへ」

嬉しさが溢れてくる。明日の朝まで一緒にいられるのだ。そう、明日の朝まで——。

明日にはまた遠く離れなければならないと思ったら、真佐人の気持ちが急激に萎《しぼ》んだ。

「どうした？」

「……明日、帰っちゃうんだろ」

「しかたがない」

「つぎはいつ会える？」

高坂が苦笑いしながら見つめてきて、尖らせた唇にちょんとキスをしてきた。

「明日のことは、まだ考えるな。せっかく会えたんだ。いまは二人の時間を楽しもう」

「それは、そうなんだけど……」

「ほら、こっち」

高坂に促されて、真佐人は腰にまたがるようにして抱きつき、くちづけた。情熱的に舌を絡めれば、密着した股間がじょじょに勢いをつけていく。湯の中で高坂の手に握りこまれ、真佐人は白い喉を見せて喘いだ。

「ああ……んっ」

「気持ちいいか？」

「いい……」

高坂の手は尻に伸び、柔らかくなったままのそこに触れてきた。さっきシャワーでざっと洗ったが、注ぎこまれたものはまだ体内に残っている。指先でくすぐるように弄られると、勝手に蠢いて中から滲み出てきそうになった。

「ダメ、それ……ダメだよ、出ちゃう。お湯が、汚れるからっ」

「汚れたら換えればいいだろ」

「でも、あっ……」

指がぬくっと入ってきた。柔らかくなったまま戻っていないので、あっさりと指は奥まで入ってしまう。すぐに指を増やされて、真佐人はまた泣かされた。

「あっあっ、お湯が、入っちゃうぅ……」

「気にするな」

楽しそうに笑いながら、高坂は指を引き抜くといきり勃ったペニスをそこに突き立ててきた。ずぐん、と串刺しにされて、真佐人は深い悦楽《えつらく》に震えた。

「ふ、深い、おっきい……っ」

「そうか」

高坂がくくくと喉の奥で笑う。

「ああ、ああ、ああーっ」

湯の中で揺さぶられて、真佐人は身も世もなく悶えて喘いだ。あんあんとよがり声を上げ続け、結局は湯が汚れるのも構わずに、そのまま射精する。

その後、ベッドに戻ってからさらに二回して、望み通り高坂にたっぷりとかわいがってもらえた真佐人は、このうえなく幸せを感じたのだった。


翌朝、真佐人は腰が立たなくなっていて、ベッドから出られなかった。高坂はもう帰らなければならない。ルームサービスで朝食をとり、電車の時間ぎりぎりまで側にいてくれた。

「高坂さんって、やっぱり絶倫なんだ」

ベッドに横になったまま揶揄する口調でそう言うと、高坂は困ったような顔になる。昨日会ったときのようにスーツを着てネクタイを締めた高坂は、どこからどう見ても優秀なビジネスマンだ。背が高いだけでなく、胸板が厚く足が長いのがよくわかる。メンズファッション雑誌のグラビアを飾れそうだと思った。

「俺は別に絶倫ってわけじゃない。ただその……おまえがかわいくて……」

ごにょごにょと高坂は照れた感じで呟いている。バツが悪そうな顔を見せてくれたので、真佐人は笑って許した。最初から怒ってなどいないが。

「フロントには電話をしておいた。好きなだけここにいていいからな。延泊料金は払っておく」

ベッドに腰を掛け、高坂が真佐人の頬をそっと撫でてくれる。見つめ合っていると、あれだけ欲望の限りを尽くしたというのに、また体が熱くなりそうだ。

「こんどはいつ会える？」

「できるだけ近いうちに」

明言できないのはしかたがないのだろう。昨日も突然だった。真佐人は待つしかない。恋を自覚したばかりの恋愛初心者には辛いけれど、待つ楽しみも味わおうと、真佐人は前向きに考えることにしていた。

高坂は真佐人の手を取ると、てのひらから指先までを慈《いつく》しむように視線でなぞり、大きな手で包みこむようにした。

「この手が、あの素晴らしい演奏をしているのかと思うと、なんだか不思議だな」

「CDを聴いてくれてありがとう。来年、コンサートの予定がいくつかあるから、チケットを送るよ。どの公演でもいいから、都合がいいときに聴きに来て」

「行かせてもらおう。楽屋に花を送ってもいいか？」

「ありがとう。嬉しい」

何カ月も先のことなのに、二人とも明日か明後日のことのように話しているのが面白い。真佐人にとって高坂との関係が一過性のものではないように、高坂にとってもそうなのだと思える。

「ああ、もう時間だ」

腕時計で時間を確かめ、高坂はため息をつきながら真佐人の手を離す。立ち上がる前に、真佐人の額にキスを落としてくれた。

「じゃあ、またな」

高坂は静かに部屋を出ていった。

最後にキスしてくれた額に指で触れてみる。情事の気配が色濃く残る部屋に一人きりで寝るのは寂しい。だが体がものすごくだるくて、まともに歩けないのだから休んでいくしかなかった。どうせ急いでマンションに帰っても、昭良は真佐人の不在など気にしないだろう。

真佐人は高坂のことを思い出しながら、一眠りすることにした。

ホテルでゆっくり休息してから真佐人がマンションに戻ったのは、その日の夜だった。もう一晩、泊まってもよかったのだが、ピアノを弾きたくなったのだ。そのころには歩けるようになっていたので、ホテルを出てきた。

マンションに戻ると、昭良は不在だった。どこかに遊びに行ったのか、それとも昨夜から帰ってきていないのかわからない。気にはなるが、真佐人にはどうすることもできない。

「とりあえず、ソナタを練習しよう」

公開録画まではまだ何日もあるが、ほかにも仕事はいくつか入っている。時間があるときに練習しておく必要があった。スコアがしまってある棚から、ベートーベンのソナタの譜面を探しだした。防音の部屋に入り、真ん中にどんと置かれたグランドピアノの蓋を開ける。

この部屋は常時エアコンがきいていて、ピアノといつもなら部屋の隅のデスクに恭《うやうや》しく置かれている昭良の愛器に最適な湿度と温度が保たれているのだ。昭良のストラディバリウスはそこにはなかった。ここではないどこかで練習しているにちがいない。

椅子に座り、譜面台にスコアを広げる。鍵盤に指を乗せて、弾きはじめた。ベートーベンのソナタは何度も弾いたことがあるので、ほぼ頭に入っている。それを確かめるように弾いていく。本番では昭良と弾くから、昭良ならここをどんなふうに弾くのか、どんなふうに解釈するのか想像しながらさらった。

気が済むまで弾いていたら、いつの間にか数時間がたっていた。とうに日付が変わっている。シャワーを浴びてもう寝ようかと、防音室を出た。リビングへ行くと、ソファに人が座っていてびっくりする。昭良だった。

「昭良、帰っていたのか……」

「ここは俺の家でもある。帰ってきちゃ悪いか」

「そんなことは言ってないだろ」

固い声でつっかかってくる昭良に、真佐人はついため息をついてしまう。背後を通り過ぎようとしたら、「おい」と呼び止められる。

「昨日の夜はどこへ行っていたんだ」

思えば昨夜は無断外泊だったが、このところのすれ違いから、昭良は自分のことなど気にしないのではと勝手に考えていた。そうではなかったようだ。

「……高坂さんと会ってた……」

ここで嘘をつくのは簡単だったが、あとでバレたときに昭良が騒ぐと面倒だ。本当のことを答えたら、昭良の目がつり上がる。

「なんであいつが東京に出てきてんだ」

「知らない。用事があったって言ってたけど」

「なんの用事か聞いていないのか」

「いちいち聞かないよ」

真佐人はキッチンへ行き、冷蔵庫から水のボトルを取り出した。エアコンで湿度を低く保っている部屋に何時間もいたせいで、喉が渇いていた。真佐人が水を飲んでいる間黙っていた昭良だが、おもむろに口を開いた。

「真佐人、山で迷ったとき、奥へ行ったのかどうか聞かれたと言っていただろ。あれの意味がわかった。あの付近の山の奥には、秘密の施設があるという噂だ」

「秘密の施設？　どんな？」

「それはまだこれから調べる。世間に知られたらまずい無認可の施設なのか、それとも違法な研究をしているのか——。もし高坂が、その施設を外部から守る役割をしているのだとしたら、あながち『山守』も間違いじゃない」

昭良の口調では高坂が犯罪の片棒を担いでいるような印象だ。そんなことは絶対にない——とは、言い切れない。真佐人はそれほど高坂の仕事について知らないからだ。

いつだったか、高坂がドラッグの使用について真佐人を問い詰めたときがあった。まるでそういったことをよく知っているかのような言い方ではなかっただろうか。もしかして、秘密の施設とは、違法薬物の研究とか製造とか……？

いやまさか。高坂がそんな悪いことをするはずがない。もし秘密の施設が違法行為をしていたとして、高坂はそれを知らずに山守をしている可能性だってある。

でも、だとしたら、スーツとネクタイという姿で上京してきたのはなぜだろう——。施設を統括している親分に挨拶をしに来たとしたら？　それとも取り引き？　いやいや、そんなことをする現場が丸の内にあるとは思えない。だが丸の内にいたという情報そのものが嘘だったら——。

「俺が思うに、鶴来も関係者だ。同僚だってはっきり言っていたしな。あいつ、人の弱みにつけこんでさんざん好き勝手なことしやがって……」

昭良が怖い顔でぶつぶつと呟いたが、真佐人は意味がわからない。人の弱みとはなんだろう、好き勝手とは？　真佐人があずかり知らないところで、昭良と鶴来の間でなにかあったのだろうか。

真佐人が疑問を浮かべて見つめていたら、昭良は表情を改めて「たぶん」と話を戻した。

「あいつらはカタギじゃない。これ以上、関わったらまずいと思う。あいつらは俺たちを利用するつもりで懐柔《かいじゅう》しようとしているかもしれないだろ」

「懐柔って……そんな……」

高坂の情熱や優しさが、真佐人を利用するための偽物だなんて、思いたくない。だが高坂がいったい何者なのか、本当のところを知らないのは確かだ。いままであまり深く考えないようにしていた。無意識のうちに問題から目を逸らしていたのかもしれない。

「あの人は、悪い人じゃないよ」

「そう思いたいのはわかるが、ちょっと冷静になってみろ。どう考えてもおかしいところがあるだろ」

「……ちがう……」

ちがうと思いたくて、真佐人は頑なに首を横に振る。でも抱きしめてくる昭良を拒むほどの反発心は起こらなかった。やはり心の中では、高坂はなにか隠していると疑っている部分があるからだ。

「でも………」

いくつか疑惑があるとしても、高坂への恋心を急に消すことなんてできない。こんなに好きになってしまったのだ。

「なにも話してくれないのは、事情があるのかもしれないじゃないか」

「事情って、なんの？　セックスまでしておいて、おまえのことはほぼ把握しておきながら、自分のことだけは詳しいことを言わないのって、あきらかにおかしいだろ。俺はプロの調査会社に頼むことにしたぞ」

「えっ………」

「調査は専門家に任せて、俺たちはやることとやろう。これから年末年始にかけて忙しい」

いますぐにでも高坂に電話をかけて問い質《ただ》したい。だがはたして高坂は答えてくれるだろうか。答えてもらえなかったら、かえって疑惑が膨れ上がってしまう。

「ソナタはさらったか？」

「――ある程度は」

「よし、明日さっそく合わせよう」

「………うん………」

しぶしぶ頷きながらも、真佐人は釈然としない想いを抱えて、高坂の笑顔を脳裏に思い描いた。

高坂を疑いたくはない。でも信じ切るには根拠が乏《とぼ》しい。真佐人は高坂のことをまだほとんど知らないといってもいいくらいなのだ。

体のことはよく知っている。胸板の厚さとか、腕のたくましさとか、伸しかかってくるときの重さとか——凶器のように大きくて熱いあれの力強さとか。

でも素性についてはまったく知らないようなものだ。山の中の一軒家に住んでいて、山守をしているということしか教えてもらっていない。本当に山守なのか、高坂康行という名前は本名なのか、疑い出したらきりがない。

出身地はどこなのだろう。学歴は？　両親はどこにいるのか、兄弟は？　生年月日とか、血液型は？

いままでそういったパーソナルデータを聞き出そうとしなかったのは、真佐人が必要としていなかったからだ。そんなもの知らなくても、高坂を抱きしめてキスすればすべてが解決した。電話で話せば気持ちが高まった。

でもいまさらながら、最初にもっといろいろと聞いておけばよかったと悔やむ。

携帯端末を手に窓からの夜景を眺めながら、真佐人はため息をついた。

もうすぐ高坂から電話かメールが来る時間だ。メールならいいが、電話だったら、いままで通りに喋れるかどうか、わからない。ポーカーフェイスがとにかく苦手なのだ。内心の動揺が絶対に受け答えに出てしまうだろう。

いっそのこと電話には出ないでおこうか。こちらからメールを送って、ピアノの練習中だから通話できないと先手を打ってしまえばいいと決める。ではどんな文面にしようかと考えていると、その高坂から電話がかかってきてしまった。あわあわと携帯端末でおてだましてしまう。

「ど、どどどうしよう……」

このまま無視するか、応答するか。

いままで高坂からの電話に出なかったことなんてない真佐人だ。無視した結果、高坂を怒らせて嫌われたらどうする？　嫌われてもいいなんて、思えない。高坂を疑ってはいるけれど――。

「も、もしもし」

結局、心を決める前に出てしまった。

『よう、俺だ、俺』

どこのオレオレ詐欺かと突っこみたくなるような第一声だが、名乗られなくとも絶対音感を持つ繊細な真佐人の耳は、間違いなく声は高坂だと教えてくれた。

『元気か？　って、昨日の朝に別れたばっかりだけどな。あれからどうした？』

「あれから？」

あれからとはどこからのことだろう、と真佐人は正常に働いてくれない頭を片手で抱えた。

『俺がホテルを出てから、もう一度寝たのか？　いつまでホテルにいた？』

「あ、ああ、そういうこと。えー…っと、昼過ぎまで寝てから、夜には家に帰ったよ。もう歩けるようになっていたし、一人でホテルにいてもつまらなかったから」

『そうか。夜には回復したってことだな。よかった』

安堵したような高坂の声に、心配してくれていたのだとわかる。やっぱり高坂は悪い人ではない。本気で真佐人を好きでいてくれて、体調を案じてくれているのだ。昭良は遊ばれて利用されるだけじゃないかと、ひどいことばかりを言っていたが、高坂はそんなことを画策《かくさく》するような人ではない――と思いたい。

「ねえ、高坂さんって、年末年始はどうするんだ？　休みはある？」

『休みは……いまから頼めばすこしは取れるかな。ここ数年は帰省していないが……』

「帰省先って、どこ？」

不自然にならないように、聞けただろうか。

『んー？　なんだよ、そんなこと聞いてどうすんだ？　真佐人がこっちに遊びに来てくれるなら、どこにも行かないで待ってるぞ』

笑い混じりで返されて、出身地を知ることはできなかった。

「俺の年末年始は、仕事だと思う。二日に予定されているニューイヤーコンサートにゲストで出ることになっているし、そのあとすぐにテレビ番組の公開録画があるから、練習しなくちゃいけない。昭良とも合わせないと――」

高坂に会いたいのはやまやまだが、演奏会を疎《おろそ》かにはできない。真佐人は音楽に命を捧げるつもりはないが、引き受けたことはしっかりと果たしたかった。そして聴いてくれた人たちにすこしでも感動を与えて、よりいっそう音楽を好きになってほしいのだ。

『弟は元気か？』

「……元気だよ」

あんたのことを調べているとは言えない。昭良について話そうとすると、余計なことを言ってしまいそうで、なにをどう喋っていいかわからなくなる。もごもごと口ごもった真佐人を、高坂が『どうした？』と窺《うかが》ってきた。

「えっ、なにが、どうしたって？」

『いや、ちょっと様子がおかしいかなと思って。なにかあったのか？』

「な、なにも、なにもないよ！　ぜんぜん、ちっとも、すこしも、ないよ！」

『……本当に？』

思いっ切り否定しすぎたか、高坂が疑いをこめた口調で再度訊ねてくる。

『まさか、俺以外のだれかに真珠を見せようとか、悪いことを考えてんじゃないだろうな』

「そんなこと考えてるわけないだろ！　昨日、あれだけやっといて、よくそんなこと言えるな！」

ムッカーとして怒鳴ってしまったら、高坂が例の笑い声をくくとこぼす。真剣に疑ったわけではないらしい。冗談だったのかとわかって、今度は別のムカつきがこみ上げてきた。

「……俺をからかって、楽しい？」

『ああ、楽しいねぇ』

本心から楽しそうに言うから、真佐人はもう電話を切ってしまおうかと思った。だが、続いて聞こえてきた甘ったるい声に、操作しようとした指が止まる。

『真佐人の反応はいちいちかわいいからな。もっと近くに行って、毎日かわいがってやりたいよ』

「それ……どういうこと？」

『いまのままじゃ、遠すぎるってこと。どうにかしなきゃならないな……。おまえは放し飼いにしておくと危なっかしいから……』

「えっ？　えっ？」

どうにかしなきゃ、って、なに？　近くに行くって？　マジでそれってどういう意味？

あたふたしていた真佐人だが、思いもしていなかった言葉に胸がときめいてきて、別の意味で動揺した。

もしかして高坂が東京に移り住んでくれるってことだろうか？　いやでも、仕事はどうするんだ？

『あのさ、真佐人』

「う、うん、なに？」

『その……いまはまだ詳しい事情を話せないが――』

「高坂さん？」

『いろいろとしがらみがあるし根回しも必要だし、オヤジさんが許してくれないとどうにも身動きがとれない。こっちから足を洗って、なんだかんだ身ぎれいにするのに、ある程度の時間はかかると思う』

高坂がどういう状況に置かれているのかさっぱりわからない。けれど真剣な雰囲気は伝わってきた。

『つまり、待っててほしい……ってこと。絶対に真佐人の側に行けるようにするから』

ドクン、と心臓が跳ねた。嬉しい！　と全身で飛び上がりたくなる。

「来て、くれるのか？」

『行くよ』

「高坂さん！」

涙が出そうになった。昭良に植えつけられた疑いなんて、どこかへ吹っ飛んだ。

「嬉しいよ、俺、嬉しい！」

『電話とメールだけじゃもう我慢ならない。月に一度か二度のセックスも御免《ごめん》だ。できれば毎晩でもおまえを抱きたいくらいだってのに』

「ま、毎晩？」

いや、それは無理でしょ。特にこっちが。高坂の絶倫自慢には引いてしまう。

だけどいまはその問題は横に置いといて。

「その……俺は嬉しいけど、仕事は？」

山守の仕事が本当ならば、だれか代わってくれる人がいるのだろうか。それと、こっちに来てからの仕事は？　もちろん、しばらく働かなくとも真佐人が負担することは可能だ。それくらいの甲斐性はあるつもりだ。

『ああ、だから仕事のことでちょっとごたごたする。明日からしばらく電話ができない状態になるが、おまえはいい子にしていろよ』

「えっ……電話できない？　どうして？　メールは？」

『メールも無理だ。麓に下りられないことになるだろうから』

それって、どういう状況だよ——と、真佐人は青くなった。

真佐人の脳裏に、どこか暗い場所に監禁されている高坂の姿が浮かぶ。足を洗うとか、身ぎれいにするとか、オヤジさんが許してくれないと、とか……どう考えてもヤバそうな組織しか思いつかない。

『とにかく、真佐人は俺を信じて待っててくれ』

「だ、大丈夫なのか？　なにかヤバいことにはならない？」

『大丈夫だよ。なに心配してんだ』

高坂は快活に笑い声をたてて、『じゃあ、またな』とあっさり通話を切ってしまった。携帯端末を手に、真佐人は茫然とする。やっぱり高坂はただの山守ではないのか――。

「足を洗うってなにからだよ……身ぎれいって……？　オヤジって、もしかして、その、組長とか、そういう人のこと？　ははは……まさかね……」

携帯端末を握りこんだまま、真佐人はぐるぐると歩き回った。どうしよう、どうしたらいいんだろう。名案なんか思い浮かぶわけがない。ただ高坂が心配だった。

昭良からもたらされた情報がふと頭をよぎる。

――あの付近の山の奥には、秘密の施設があるという噂がある――。

そこでどこかの組織が非合法なことをしていて、昭良が言うようにそれを高坂が外部から守っているとしたら……。その組織の本部（？）が東京のどこかにあって、高坂はそこに顔を出すためにスーツを着て上京したとしたら……あの格好だったのも納得できる。

「まさか、まさか……」

そんなドラマのような展開があるわけがない。考えすぎだ。高坂は待っていてほしいと言った。真佐人ができるのは、ただ待つことだけだ。そのうち高坂から連絡があるだろう。仕事の都合がついて、真佐人の近くにいられるという知らせを携えて会いに来てくれるのなら、万々歳《ばんばんざい》だ。

「でも、もし──」

この想像が当たっていたらどうしよう。高坂が足を洗うことに失敗して、二度と真佐人のところに来られなくなってしまったら？

「そんなの、嫌だ」

もう会えなくなるなんて考えただけで涙が滲んでくる。

真佐人は、自分がこんなにも高坂を深く愛してしまっていたことに気づいて驚いた。たんなる好感が明確な好意になって、会いたいと思うようになり、会えば離れがたくなるほどに好き、という気持ちにまで成長したのは自覚していた。だけど、いつしか「好き」は「愛してる」になっていたのだ。

高坂が危険な目にあうのだとしたら、助けてあげたい。金銭で解決するのなら、むしろ歓迎だ。できるだけのことをしよう。そこそこまとまった金額の貯えはある。

とにかく、いまは話せないなんて言わないで、事情を説明してくれないだろうか。高坂が置かれている状況を知らなければ、真佐人はなんともしがたい。

握ったままだった携帯端末で高坂の番号に電話をかけた。電話は繋がらない。

ぐちぐちと考えこんでいる間に、さっき通話を終えてから三十分もたっていた。もう電波の届かない山の中に戻ってしまったかもしれない。

「どうしよう……」

真佐人はお気に入りの夜景を見ることもせずに、またぐるぐると家の中を歩き回る。じっとしていられない。高坂のためになにかしたい。なにができるだろうか——。

「とりあえず、会って話をしないと」

真佐人は自分のスケジュールを確認した。

明日、ディナーショーの打ち合わせが一件予定されている。だがディナーショーまでにはまだ何日かあるので、これは延期することができるはず。それにディナーショーは昭良と二人だ。最近ぎくしゃくしているが、昭良とならぶっつけ本番でも二時間程度のショーをこなせる自信がある。そして明後日には来年発売予定のＣＤの打ち合わせがあるが、これも延期可能だ。明明後日は最初からなにも用事がない。

「よし、打ち合わせの延期は、明日の朝一番に電話してお願いしよう」

これで三日間確保できる。真佐人はインターネットで明日の電車の時刻表を調べた。電話が通じないなら直接行くしかない。なにがなんでも高坂に会って事情を聞き出し、抱きしめてキスをして——愛してると告げたいと思った。

「………ヤバい………」

真佐人は白い息を吐きながら、ううぅ…と唸った。周囲は冬枯れの木々が見渡す限りに続き、自分がいまどこにいるのかすらわからなくなっている。足元の枯れ葉は湿っていてふかふかで、じっとしていると足がじわじわと埋まりそうだ。

デジャヴ……。

「なんだよ、もうっ。準備万端整えてきたつもりだったのに！」

真佐人は半泣きになりつつ、ふたたび足を踏み出した。

昨夜、高坂に会いに行くと決意して、真佐人は朝になってすぐにスケジュールの調整をした。三日間の空きを作り、新宿の駅からＪＲの特急に乗る。途中で乗り換え、なんとか最寄り駅に到着したのが昼過ぎだ。『ツルギのきのこ』という看板と、あのとき昭良が泊まったビジネスホテル、真佐人がピアノを引いたレストランがあるビルを見つけ、間違っていないと確認できた。

そのあと、駅前のタクシーで高坂の家までダイレクトに行こうとしたが、運転手が狭い林道を走るのは勘弁してほしいと言うので、途中で降ろしてもらって、そこからは徒歩で行くしかないと覚悟を決める。

近くのスポーツ用品店を教えてもらい、トレッキングシューズと雨カッパを購入し、山歩きに備えた。ブーツと革ジャンで山の中に入ってはいけない、ということは覚えていた。万が一のために懐中電灯も買い、それを小ぶりなリュックサックに入れる。山歩き初心者だと自己申告した真佐人に、用品店の店員が非常食の携帯をすすめてくれたので、ビスケットも買った。

駅前に戻ってタクシーに乗り、見覚えのあるあたりまで走ってもらう。

「そこの林道をまっすぐ行けば、そのうち着くと思うよ。たぶん……」

そんなふうに運転手に教えてもらい、真佐人はリュックサックを背負って意気揚々《いきようよう》と歩きはじめた。

――が、そんなにうまくいくわけがなく、真佐人は当然のように迷った。

「ああ、くそっ、近道だと思って入ったのが獣道だったのかよ！」

悔やんでも悔やみ切れない失敗だ。途中、細い横道を発見し、「近道じゃねぇ？　ラッキー」と軽い気持ちでそっちに進んだのが大きな間違いだったのだろう。細い道はしばらくしたらなくなってしまい、引き返そうにもどこをどう歩いてきたのかわからなくなってしまったのだ。

「マジかよ、マジかよ！」

これでは前回とおなじではないか。携帯端末を取り出してみたら、やっぱり圏外。

「また遭難……？」

この間は幸運にも高坂に見つけてもらえたが、あれは本当にただ運がよかっただけだとわかっている。二度も山中で高坂にめぐり会えるだろうか？　本格的に遭難して、野宿して、凍えて死ぬのでは――。もう十二月も半ばになり、前回よりもずっと気温が下がっているのを肌で感じる。このまま日が暮れたら、冗談でなく待つのは『死』だ。

「高坂さーん、おーい、高坂さーん！」

試しに叫んでみたが、反応はなにもない。だいたいここが高坂の家から近いのかどうかすら定かではないのだ。もしかしたら遠ざかっているのかもしれない。

「ううぅ……高坂さん……」

高坂の笑顔と、頼りがいのあるあの体が恋しい。会いたい。タクシーを降りて歩きだしたときまでは、もうすぐ会えるとウキウキしていたのに。

「ああ、ダメだ、ダメ。諦めるな、俺！」

ここで諦めたらおしまいだ。こんなところで死ぬわけにはいかない。愛は強いのだ。まだ日は暮れていない。空腹も耐えがたいほどではないし、ビスケットも持っている。雨カッパもある。靴はトレッキングシューズで、ブーツよりもずっと歩きやすい。はじめての靴だから靴擦れにならないようにと、用品店で厚めの靴下に履き替えた。もし靴擦れになったらと、親切な店員が絆創膏《ばんそうこう》もくれた。懐中電灯もある。

この間ほど危機的状況ではない。頑張れ。

なんとか自分を奮《ふる》い立たせて、真佐人は歩きだした。だが数十メートルもいかないうちに、やっぱり高坂が恋しくて切なくて涙が滲んでくる。会いに来たのに会えないなんて悲劇だ。悲しい。

「高坂さーん……」

脳裏に浮かぶのは東京で再会したときのスーツ姿ではなく、自分を発見してくれたときの山男姿だ。無精ひげを生やしてチェックのネルシャツを着て、ニッと頑丈そうな歯を見せて笑う高坂。真佐人をかわいがる手は大きくてごつくて、繊細な作業は苦手そうなのに、愛撫は優しかった。真佐人の真珠をこりこりと弄ってくれる指技は絶妙で、何度もいかされた。もう勃たないとギブアップしてもやめてくれなかった。

「うう……変なこと思い出しちゃった……」

こんな状況だというのに股間が熱くなってきて、真佐人はおのれのアホさ加減に落ちこんでくる。いやでも、人間は命の危機に直面すると種の保存だとかなんだとかで性欲が増すのではなかったか？　昭良がそんな雑学を披露していたことがあったようななかったような。

「……そんなことはどうでもいいんだよ……」

これもひとつの現実逃避か。いま考えなくてもいいようなことが頭に浮かんでくる。高坂とのセックスなんていま思い出しても意味がない。下手に勃起してしまったら、青姦《あおかん》――ではなく青オナニーに発展してしまいそうで嫌だ。だれも見ていないとしても、おてんとうさまが見ているかもしれないではないか。

「だから、そんなことはどうでもいいんだよっ」

ああもう、と真佐人はため息をついた。とにかく林道に戻る努力をしようと、足を前に進めて歩き続ける。日が暮れるまでは歩き続けると決めた。

だが、まさか雪が降りはじめるとは思っていなかった。

「マジかよ……」

本日何度目の「マジかよ」だろうか。頭上からちらほらと舞い降りてくる白い欠片に、真佐人は茫然とする。まだ十二月の半ばだ。クリスマスも来ていないのに、もう雪? 恐るべし、中央アルプス付近——。

積もるほどではないが、雪は止む気配がなく、あとからあとから降ってくる。真佐人は雨カッパを着ることにした。雨カッパなんて小学生時代の遠足以来だ。不格好だが構っていられない。購入したものが役に立ったと喜んでおこう。

真佐人は小雪が降る中、黙々と歩いた。いつか高坂の家に着くと信じて。

けれどさすがに日が暮れそうになってくると、疲労と心細さのダブルパンチで泣きたくなってくる。

「野宿は嫌だぁ」

こんなことならスポーツ用品店でテントと寝袋も買えばよかった。だがそれほどの荷物を背負って歩く体力があっただろうか？　いや、ない。

そもそもテントを買っても、一人で組み立てられる自信など皆無だ。買っておけばよかったなどという考えは浅はかだったと、真佐人は涙目で反省する。

「……………とりあえず、ビスケットを食べよう」

真佐人は足を止めてリュックサックから非常食用のビスケットを取り出した。もさもさした食感であまり美味くはないが、これしかないと思えば食べられる。水で喉に流しこみながら、薄暗くなってきた空を見上げた。

「また見つけてくれないかな……」

一縷《いちる》の望みを抱きつつ、水をリュックサックに戻した。ふたたび歩きだす。

「そういえば、昭良は俺の伝言を聞いたのかな」

電車に乗る前だと追いつかれて引きとめられるかもしれないと用心して、ＪＲの特急に乗ってしまってから、昭良にメールを送った。いきなり音信不通になったら昭良が心配するだろうからと、高坂に会いに行くと正直に伝えたのだ。遅寝遅起の昭良は、特に仕事がないかぎり昼まで起きない。目が覚めてメールを読んだとき、すでに真佐人は東京から離れている――という、真佐人にしてはちょっとした計算をしたわけだ。

もし追いかけてきたとしても、昭良は高坂の家を知らないはず。だから捕まらないと高を括っているわけだが、真佐人はふっと鶴来を思い出した。

「そうだ、あの人は高坂さんの家を知っているんじゃないのか？　昭良は絶対にあの人に連絡を取るよね……」

もしかしたら山中で迷っている真佐人よりも先に高坂の家に昭良が着いていたりして――という、笑えない展開を想像して真佐人は青くなった。

「まさか殴り合いのケンカにはならないよな……。昭良って、カッとなるとなにをするかわからないところがあるけど……」

これから先の一カ月くらいは仕事が立てこんでいる。昭良がケガをしたら大変だ。高坂との体格差を考えると、ケンカを売るなんて無謀すぎるとしか思えない。

「ああ、でもそれで到着していない俺のことを高坂が不審に思って、山の中を探しに出てきてくれたら嬉しいな」

万が一にもそんな展開が待っていたら、真佐人は飛び上がって喜ぶだろう……。

「なんてね」

トホホと悲しい苦笑をこぼして、真佐人はそろそろリュックサックから懐中電灯を出した方がいいだろうかと悩みはじめた。乾電池は予備があるが、できれば節約したい。もっと真っ暗になってから使った方が利口だろうか。だが懐中電灯をつけていた方が、だれかが偶然にも通りかかったときに発見してくれるかもしれない。

薄暗さがどんどん増していく山中で、真佐人はぐるりとあたりを見渡す。

「……んっ？」

なにか、明かりのようなものが見えなかったか？

「ちょ、ちょっと待て」

真佐人は慌てて自分の立ち位置を変えてみた。限りなく続いている木々の向こうに、ちらりと明かりが見える。右へ左へと。人工的な光だ。

「マジで？　助かった？　ってか、あれ高坂さんち？　俺ってば野性？」

ひゃっほーと真佐人は走り出した。とはいえ、ダッシュというわけにはいかない。いいかげん疲れていたし足元の地面はふかふかだ。トレッキングシューズは軽くない。よいしょよいしょと緩やかな坂道を上っていくと、しだいに光源がはっきりしてくる。

「……えっ…………？」

木の間に硬質な白い壁が見えてきて、これは民家ではないとわかる。高坂の家ではありえない。さらに進むと、いきなり視界が開けた。歩きにくいほどに立ち並んでいた木々がなくなり、白い壁の四角い建物がドーンと目の前に現れたのだ。真佐人が見たのは、その窓から漏れる光だった。

「な、なに？　なんでこんな山の中に……」

つるりとした白い壁の建物は二階建てで横に長く、周囲の木々より低い。まるで隠れるようにひっそりとしているが、自然界では異質すぎる。

壁の面積にしては窓が小さくて数が少なく思えるのは気のせいではないだろう。建物をぐるりと囲む高いフェンスの上には鉄条網が貼られていて、なんだか怖かった。建物から近すぎるせいか全容は見えない。フェンスも途切れている場所がわからないほどの敷地を取り囲んでいるようだ。

「そういえば……」

昭良が言っていたではないか。秘密の施設があるらしい、と——。高坂はその番人ではないかという仮説を思い出した。それがただの憶測で、高坂は裏社会の人間なんかではないという確証を得たくて、真佐人は会いに来たのだった。

遭難に直面して、すっかり当初の目的を忘れていた真佐人だ。とにかく高坂にめぐり会って、抱きしめてもらうことしか頭になくなっていた。アホだ。

「えー……と、俺はどうすれば……？」

この秘密の施設にたどり着く予定などなかった。こんなところに来てしまって、自分はいったいどうすれば——。真佐人は人気のない周囲をおろおろと見回した。

これがヤバい施設で関係者以外は近づいてはならないという類のものだとしたら、真佐人はいまピンチに直面している。窓から明かりが漏れているのだから、中には人がいるのだろう。真佐人がここにいることがバレたらまずいのではないか。

ここは逃げた方がいいのかな。でも逃げるってどこへ？　また山の中に入っていくのか？

遭難覚悟で？　雪が降っているのに？

「……ただの迷子だって説明すれば、許してくれるかも……」

ものすごく自分に都合のいいように、真佐人は考えをめぐらせる。

「そうだ！」

ここにこんな立派な施設があるということは、建物の正面には道路があるだろう。きっと車が余裕で通れる道があるはず。

「とりあえず、道に出られないか、ぐるっと回ってみよう」

フェンスに添って、真佐人は歩きだした。この施設の敷地はかなり広いらしくて、歩いても歩いてもフェンスの切れ目は見えてこない。白い建物は何棟かに分かれているようで、ところどころの窓には明かりがついていた。人がいるのだ。それも複数人。

いったいどんな施設なんだろう？　外観からではまったくわからない。真佐人の背丈の倍はありそうな高さのフェンスと鉄条網が必要な施設って、なに？　怖いことしか想像できないんですけど――と、真佐人はびくびくしながら歩いた。

「あ、道だ。やった！」

不意にフェンスの角が見えて、その向こうに幅は狭いがきちんと舗装された道路があった。

「すごい、舗装されてる！」

道路はくねくねと山に添って下っていっている。フェンスの角の先には、コンクリート製の門があった。すでに周囲はかなり暗くなってきており、門を中心にいくつか街灯が立っている。門には黒っぽいプレートがついていて、おそらくそこに施設名が刻まれていると思われた。

「なんて書いてあるんだろう……？」

秘密の施設にしては堂々としている。まるでどこかの会社か工場のようだ。プレートを見るために近づいていいのかどうか躊躇していると、背後で「ぐるるる」と獣っぽい唸り声が聞こえた。

「…………えっ？」

ぐるるる？

嫌な予感しかしない。獣？　というか、犬っぽい唸り声なんだけど、まさか野犬？

怖くて振り返ることができない。

「君、こんなところでなにをしているんだ」

唸り声に被さるように人間の声で誰何《すいか》されて、真佐人はさらにビクッと全身を震わせた。

ぎくしゃくと振り返った先には、ガードマンぽい制服を着たがっしりした体格の男と、リードで繋がれたドーベルマンがいた。ドーベルマンは牙を剝いて真佐人を睨んでいる。マジで怖い。飛びかかられたら一噛みで死ぬ。確実に死ぬ。

「ここでなにをしている？」

おなじことをもう一度聞かれて、真佐人は震えながら「迷っただけです……」と答えた。

ガードマンは眉間に皺を寄せ、まるで信用していない表情になる。その気配を察知してか、ドーベルマンがさらに「ぐるるるるるるるるるる」と重低音で唸った。おしっこを漏らしそうなほど怖い。

「身分証明になりそうなものは、なにか持っているか？」

「えっ……」

デジャブ…。

高坂にもそう聞かれたことがある。

真佐人は自動車の運転免許証は取得していないので最初からないし、パスポートは自宅だった。クレジットカードくらいしか持っていない。

「いまは、持っていません……」

「ちょっと、話を聞かせてもらおうか」

ガードマンが一歩、真佐人に向かって足を踏み出したときだった。それがきっかけになったのか、ドーベルマンがガアッと飛びかかってきたのだ。

「わあっ！」

「こら、待て！」

ガードマンがリードを離さなかったのでドーベルマンはすんでのところで真佐人には届か

なかった。「待て」はドーベルマンに向かって命じたらしい。だがビビった真佐人は「ひぃいぃ」と情けない悲鳴を上げて尻もちをついた。結果的にドーベルマンと目線がおなじになってしまい、恐怖心が一気にマックスへと達する。

「わあぁぁぁぁぁ！」

這いずるようにしてその場から逃げだした。

「あ、おい、ちょっと待て！」

こんどの「待て」はドーベルマンではなく真佐人に向けての言葉だったが、パニックになった真佐人は雨カッパをばっさばっさとはためかせて道へと駆けだした。明るい方へ無意識のうちに足が向かう。真佐人は門へと駆けていっていた。かなり頑丈そうな門は閉まっていたが、そこによじ登った。

「こらこら、なにをしているんだ。危ないだろう！　降りなさい！」

ガードマンがドーベルマンと一緒になって追いかけてくるものだから、真佐人はいよいよ恐慌をきたして門の上へと必死で足をかける。門の中はロータリーが作られて白い建物の玄関口には車寄せがあり、ガラス張りのドアが見えた。そこから白衣を着た男女がバラバラと出てくる。

先頭を走ってきたのは――――えっ………？

「こ、高坂、さん………？」

なんと、びっくりした顔で駆けてくるのは、ワイシャツにネクタイをして、そのうえに白衣を羽織った医者か研究者のような格好をした高坂だったのだ。東京で会ったときのようにひげがきれいに剃られていて、山男には見えない。門の上によじ登ったまま、真佐人は唖然として固まる。

「真佐人？　なにやってんだ？　どうやってここに来たんだ？」

門の下まで来た高坂が不思議そうに訊ねてくるが、真佐人にはどう答えていいかわからない。背後のガードマンが、「高坂さんのお知り合いですか？」なんて聞いている。

「とりあえず、そこから下りろ」

高坂が両手を広げて「ほら」と促してくれた。受けとめてくれようとする体勢を見て、真佐人はじわっと目の奥が熱くなった。やっと会えた。どうしてこんなところにいるのか、ここはいったいいなんなのか、なにもわからないけれど、とにかく高坂に会えた。そして「おいで」と両手を広げてくれる。

「高坂さーん！」

真佐人は泣きながら高坂の胸に飛びこんだのだった。

「わあ、内野兄弟のお兄さんの方ですよね！」

高坂に連れられて建物に入った真佐人は、白衣姿の男女にわっと取り囲まれた。その場にいた人間たちの年齢はさまざまだが、真佐人の顔を知っていたのは比較的若い人たちだった。

彼ら彼女らの頭ごしに建物内の様子を窺うと、会社の受付らしきカウンターがあり、その向こうには廊下がまっすぐ伸びている。廊下の両側には、壁が半分ガラス張りになった部屋がいくつか見えた。真佐人には使途がわからない機械が並んでいるところとか、中高時代に学校の理科実験室で見たことがある懐かしの試験管等が置いてあるところとか——。

ここは、やっぱり研究所なのだ。白衣を着ている人たちは、研究員なのだろう。

高坂もその一人？　山守だとか言っていたのは嘘だった？

とりあえず説明してもらいたい。そのうえで、迷いこんでしまった自分がこれからどうなるのか、教えてもらいたかった。

「いやぁ、テレビで見るより小柄なんですねー」

「わあ、お肌ツルツル～。スキンケアってなにしてます？」

「ここにピアノがあったらなにか弾いてもらえたかもしれないのに！」

いまだかつて、これほどの数の白衣に囲まれたことはない。彼らに後ろ暗さはまるでなかった。真佐人を動物園のパンダのように物見高く囲んでわいわいと明るい笑顔を振りまいている。

「あの、こんど試験的に音楽を聴かせながら育てるってことをやってみたいんですけど、内野兄弟のCDを使ってみてもいいですか？」

「はい？」

　メガネをかけた女性に頬を染めながら訊ねられ、真佐人はきょとんとする。なにを育てるときにCDを聴かせるのだろうか？　まさか、この女性の子供だろうか？　試験的に？

「えっ……と、なにを育てるんでしょうか……？」

「アレに決まってます」

「アレ？」

「サインください！　ファンなんです！」

　首を捻った真佐人に、こんどは逆方向からサインペンとノートの切れ端が差し出された。サインくらい時間があればどこでも応じるが、ノートの切れ端は、はっきり言って書きにくいと思う……。

「おい、そのくらいにしておいてくれないか。こいつは俺の客だ」

　もみくちゃにされていた真佐人を、高坂がひょいと助け上げてくれた。まさにその字のごとく真佐人の両脇に手を入れて持ち上げ、白衣の包囲網の中からするりと抜き上げてくれたのだ。恐るべし高坂の腕力。

　白衣の人たちはオモチャを取り上げられた子供のように不満げな顔をしていたが、荷物のように高坂に運ばれていく真佐人を追いかけてくることはなかった。

「とりあえず、俺の部屋に来い」

「高坂さんの部屋?」

「俺に与えられている研究室だ。本当は部外者は立ち入り禁止なんだぞ。まあでも、俺はもう機密を扱っていないから、大目に見てくれるだろう」

長い廊下をすたすたと歩いていく高坂に抱えられたまま、真佐人は建物の中を移動していく。高坂が立ち止まったのは、ほかの半分ガラス張りの部屋と代わり映えのしない一角の前だった。ドアには『班長　高坂康行』と書かれたプレートがくっついている。班長という肩書きはここでは偉いのだろうか、それとも下っ端なのか、真佐人にはわからない。

とりあえず、高坂という名前は偽名ではないようだ。他の人たちにそう呼ばれていたし、ネームプレートがきちんと高坂になっている。

「さあどうぞ。この部屋に迎える、最初で最後の部外者だ」

最初で最後とはいったいどういう意味だろうか。

部屋の中はがらんとした印象だった。立ったまま作業する感じのテーブルが中央と壁際にあるが、なにも乗っていない。書類棚もあったが、中は空だ。部屋の奥には一人掛けのソファが二つとローテーブルがある。

「座るところはそこしかないぞ。安物のソファだが、ないよりマシだろ。座れ」

高坂がそう命じるので、下ろしてもらい床に足をつけた真佐人は雨カッパを脱ぎ、おずおずとソファに腰を下ろした。もうひとつのソファに、高坂も座る。

「さて、どうしてこんなところに出没したのか、説明してもらおうかな」

高坂の顔はもう微笑んでいない。厳しい表情でじっと真佐人を睨んでいる。言いつけを守らずに連絡を待つことをせず、こんなところまでのこのこ来てしまったのを怒っているのだ。

「えーと……高坂さんに会いたくて……家に行こうとして……また迷いました……」

嘘をついてもしかたがない。真佐人は正直に経緯を話した。だが高坂は眉間に皺を寄せた表情のまま動かず、どう見ても納得していない感じだ。

まさかこの研究施設が目的で山に入ったと誤解されているのだろうか。真佐人にはそんなことをする理由がないし、施設の秘密を探りだせるスキルもない。それくらい高坂だってわかっているだろうに。

「俺は待ってろって言っただろ。聞いてなかったのか？」

「聞いたけど、その、いろいろと聞きたいことができて、すぐにでも会いたくて」

「聞きたいこと？　なんだ、それは」

「えー……と」

真佐人は丸めた雨カッパを膝の上でもじもじと弄った。心の中で渦《うず》を巻いていた疑惑が、こうして高坂に会ってしまうとほとんどどうでもいいことに思えてしまう。

危ない組織の一員で秘密の施設の番人ではないかとか、真佐人はなにかに利用されるために繋ぎとめられているのではないかとか、もしかしたら高坂の命が危険に晒《さら》されているのではないかとか――。

目の前にいる高坂は健康そうで拘束されているわけでもないから命の危険はなさそうだし、この施設は白衣の人たちの様子からして危ない組織のものには見えない。さっき門のプレートを見られなかったが、どこかの会社の研究施設で、非合法なものではないだろう。

「真佐人……」

高坂はため息をついた。

「詳しいことを説明しなかった俺も悪いが、無謀なことはするな。また山で迷いやがって……。遭難していたら、どうするつもりだったんだ。このあたりはわざと携帯の電波が届かないようになっているんだ」

「わざと届かない？　どうして？」

「この施設で扱っている機密が外に漏れないように、そうしている」

「えっ………」

やっぱり極秘の危ない施設だったのか？　そして高坂も反社会的組織の一員で、真佐人は利用されるために――。

「おい、なぜ涙目になってるんだ」

「だ、だって………」

本気で高坂を愛してしまったのに、どうしてくれよう……と、真佐人は悲しみのあまり目を潤ませる。

「やっぱりここ、ヤバい場所なんだ？　わざと電波が届かないって、そんなの、普通ないだろ。高坂さん、悪の組織の構成員なんだ？」

「はぁ？」

ぽかんと口を開けた高坂を、真佐人の目は見ていない。激しい動揺でいっぱいいっぱいになっていた。

「俺、部外者なのに中に入れてもらって……これって、もう二度と外には出さないっていうこと？　帰さないから入れてくれた？　俺、こ、こ、殺されちゃう？　それとも、人体実験に使われちゃう？　だれにもここのこと喋らないから、殺さないでくれよ！」

「おまえ、なに言ってんだ」

「それとも、俺が来ちゃったせいで高坂さんの立場が悪くなるとか、足を洗えなくなるとか、そういうことはありえる？　だったらごめん！　俺、土下座でもなんでもするから、偉い人のところへ連れてって！　でも死にたくない！」

「おい、真佐人、落ち着け」

「まだやりたいことがいっぱいあるんだよ。年末年始のスケジュールも埋まってるし、昭良と変な空気のままなのも心残りだし、高坂さんともっといちゃいちゃしたいし、エッチだっていっぱいしたいし――」

「だから落ち着けって言ってんだろーが！」

ガアッと高坂が怒鳴って真佐人がヒッと身を竦《すく》ませたときだった。

「入るぞ」

軽いノックの音とともにドアが開いて、白衣姿の男が入ってきた。すらりとした長身と端整な顔にメガネというスタイルは鶴来だ。

「やあ、ひさしぶり。覚えてる？　鶴来だけど」

「もちろん、覚えています」

「高坂、もう一匹、ネズミがいたぞ」

鶴来がぐいっと右腕を前に掲げたら、なんとそこには昭良がぶら下がっていた。襟首をつかまれてネズミではなく猫のように吊られていたのだ。それも野良猫。お洒落な昭良だが、革のロングコートのあちらこちらを雪と泥で汚していた。

まさか真佐人とおなじようにドーベルマンに吠えられてひっくり返ったのだろうか。どこかケガでもしていたら大変だ。

「痛ぇんだよ、離せよ！」

だが怒鳴ることができるくらいには元気なようで、ひとまずホッとする。

でも、いったいどうして、こんなところに昭良が？

「内野真佐人くん、君が施設のまわりをうろついているのは、ずっと監視カメラに映っていた。不審人物がいるということで、ガードマンが出ていったんだ」

鶴来にそう説明されて、真佐人は「えっ、そうだったんですか」と頷く。監視カメラなんてどこに設置されていたのだろうか。ぜんぜん気づかなかった。

「君が高坂に連れられて中に入ったあと、今度は昭良がカメラの前に出没した。どうやら君を追いかけてきたようだが、わけのわからないことをほざいていて収拾がつかなくなっている。困ったので高坂に知恵を借りようと思い、ここに来たんだが……どうやら似たような状況に陥っているようだな」

鶴来が問うように高坂を見る。高坂はため息をついて、首を横に振った。

「さっぱりわからん……」

「なにがわからないだ、この人でなし！　おまえのせいで真佐人がどれだけ心を痛めているかわかってんのかよ！」

首根っこをつかまれたまま昭良が大声で非難した。高坂に飛びかかろうとしたようだが、足のつま先だけ床についている状態で吊られているので、ぐらぐら揺れるばかりで目的は果たせていない。

「俺が真佐人の心を痛めさせた？　身に覚えがないな」

「ないわけないだろ。あれこれ秘密ばかりじゃないか。真佐人を大事に思ってんなら、もっと説明しろ。ただの遊びなら遊びらしく振る舞え。真佐人を本気にさせるような言動をするんじゃねぇよ」

「説明不足だったのはわかっている。だがこちらにも事情があったんだ。すべてを話して近くにいられるようにするには、すこしばかり準備が必要だった。ほとんどの始末が済んで、もうここから離れられることになったんだが――」

「えっ、足を洗えたの？　身ぎれいになったってこと？」

歓喜とともに顔を上げた真佐人に、鶴来がギョッとした目を向ける。

「なんだその言い回しは。高坂、そんな言い方をしたのか？　だったらこのアホ兄弟が変な誤解をしたとしても責められないぞ」

鶴来が呆れたような口調で高坂を軽く咎めたが、真佐人は聞いていない。潤んだ目から涙をこぼして高坂に抱きついた。

「ああ、よかった！　よかったよー！」

高坂が驚きながらも受けとめてくれ、よしよしと頭や背中を撫でてくれる。

「おいおい、なにやってんだよ、俺の前で！　離れろ！　離れろ、そこの二人！」

昭良がなにやら背後でわめいていたが、真佐人はそれどころではないので無視した。

「高坂さん、よかった。本当にもう自由の身になったのか？　ここから出られる？　秘密の組織から命を狙われたりはしない？」

「もともと命は狙われていないから」

「組長さんは許してくれたのか？」

「は？　組長？　俺は班長だったが？」

話が噛み合わない。真佐人は涙目のまま首をかしげる。

「オヤジさんが許してくれないとどうとかって、言ってたじゃないか」

「ああ、オヤジさんのことか——って、ちょっと待て、オヤジさんがどうして組長になるんだ。おまえはいったいどういう誤解を……」

「誤解？　誤解なのか？」

どこがどう誤解なのだろうか。涙で濡れたまつげをぱしぱしと瞬かせながらじっと高坂を見つめると、「うう…」と目元をほんのり赤くさせた。

「そんな目で見るな。ここが仕事場ってことを忘れそうになる……」

「真佐人！　その変態から離れろ！　そいつはおまえとヤルことしか考えていないぞ！」

昭良がわめいたが、真佐人は高坂から離れようとはしない。せっかく会えたのだからそう簡単に離れてたまるか。

「高坂が言ったオヤジさんってのは、俺の父親のことだ」

鶴来があっさりと種明かしをしてきた。

「……あんたの父親？　どういうことだよ……？」

ハテナマークをいっぱい顔に浮かべた昭良から、鶴来は手を離した。やっと自由になった昭良は顔をしかめながら乱れた服を直す。

「二人とも、この施設の門につけられた社名を見なかったのか？」

「見ようとしたけど、犬にビビって余裕がなかった」

真佐人が正直にそう言うと、昭良も右におなじくといった顔で頷く。鶴来がやれやれといった感じで首を振った。

「ここは株式会社ツルギ産業の研究施設だ。なにを研究しているのか、なんて聞くなよ。ツルギはきのこを生産、販売している会社だ」

「えっ、あの『ツルギのきのこ』？」

真佐人と昭良がそろって半オクターブ上げた声で驚く。

「そして俺の名前は鶴来。株式会社ツルギ産業の創業者は俺の父親で、家族みんなが大株主でもある。俺は長男で、この研究施設の責任者だ」

「長男ってことは、次期社長？」

「いや、経営を引き継ぐのは弟に決まっている。弟がすでに副社長だ。俺は根っからの研究者で、経営の才能もなければヤル気もないからな。ここで日々、菌と戯《たわむ》れている方が性に合っている」

「つまり、ここは新商品開発のための、きのこの研究施設ってこと」

高坂が鶴来の話を肯定した。どうやら本当らしい。

きのこの研究施設——。株式会社ツルギ産業という超有名な会社の——。

秘密の組織の危ない施設ではなかったのか。捕まっても殺されないし、人体実験に使われることもないのか。ここにいる白衣の人たちは、みんな研究者ということか。

「もしかして、さっき試験的にCDを聴かせたいとか言っていたのは、きのこを育てる過程のこと？」

「なんだ、そんなことを言われていたのか？」

「俺と昭良のCDを使いたいとか。そのくらい別にいいけど」

「いいのか？　じゃあ、あとでそう伝えておく」

鷹揚《おうよう》に頷いた高坂を、真佐人はじっと見つめる。山男スタイルの方がワイルドで好きだけれど、ひげを剃ってネクタイを締めて白衣を着ている高坂もやっぱりカッコいい。白衣に着られている感じはしなかった。慣れているのがわかる。

「高坂さんも研究員だったんだな」

「そう。ここではそれぞれの研究テーマによって五つの班が作られている。そのうちのひとつの班長だった」

「でも山守って……」

「山守だったのは本当だ。ここにこもって研究ばかりしている日々に飽きてきて、休職中だった。転職を考えていたところ、鶴来のオヤジさん……つまり社長に引きとめられて、別の役目を与えられていたんだ」

「それが山守?」

「正解」

高坂はニッと笑って「よくできました」と真佐人にキスをした。

「なにやってんだ、ゴルァ!」

「静かにしろ」

反応よくわめいた昭良の頭を、鶴来がペシッと叩く。完璧なツッコミだ。

「山守は必要な役目だったから、俺はOKした。あのログハウスはもともと十年くらい前に別荘として都内在住の人間が建てたものなんだが、それを会社が買い取って、俺に社員住宅として貸してくれた」

「借り物だったんだ……。てっきり高坂さんのものだと……」

「あの家は、この施設の前を通る道とは別の道に面している。麓から上へと上がってこられる二つのルートのうちのひとつだ。この施設の前と、あの家の前を見張っていれば、部外者がここにたどり着く前に対策が講じられる。だから俺はあそこで見張り番をしていた。山を守っていたわけだ。正確には施設を守っていたんだが」

「この施設を、守らなくちゃならなかったのか?」

「そうだ。ここは新種の食用きのこの開発だけでなく、医療分野にも応用がききそうな菌の研究もしている。ツルギ産業は医薬品に進出するつもりはないから、開発したものを大学や医薬品メーカーに売るという二次的な商売もしている。二次的といっても、こっちの利益はバカにならないほど莫大だ。この分野は、産業スパイにとっては美味しい機密がどっさりなわけだ。だからここは情報漏洩《ろうえい》に関しては厳しい。独身者既婚者関係なく、ひとつのテーマにとりかかって研究が佳境に入った段階で、敷地内の寮で寝泊まりしなければならないことになっている。それ以外の時期でも、施設内での携帯端末の使用は禁止されているだけでなく、出入りするときの身体検査もある。人里離れた場所にあるのは、送迎用のマイクロバスでないと通勤できないように、わざとそうしたんだ。部外者の出入りを極力なくすように」

「だから電波が通じないのか……」

「そういうこと。ここまで厳しくしても、やっぱり産業スパイってのは暗躍《あんやく》するんだよ。山に入って研究者に接触しようとしてくることもある」

「それで、あそこで山に入りこむヤツを見張っていたんだ……」

実はログハウスの二階には、山のいたるところに設置した監視カメラ映像を映しだすモニターがあるという。最初に迷ったとき、高坂は偶然、真佐人を見つけたわけではなかったのだ。

「不審者＝真佐人がモニターに映っていたから、確認のために出ていったんだ」

「……俺、わりと運命の出会いかもしれないって思ってたんだけど……」

あんな偶然、めったにあるものではない。きっと真佐人と高坂は浅からぬ縁があるのだと、勝手に思いこんでいた。それが偶然ではなかったと知らされ、真佐人はしゅんと肩を落とす。

「いや、あれは運命の出会いだったんじゃないか？」

「……そうかな……」

高坂のワイルドな口元が笑みのかたちになる。間近で見ているとキスしたくなって困った。

「真佐人、誘う目をするなって」

「……してない」

「欲求不満なのか？　たっぷり抱いてやったのは、ほんの数日前だろ」

「二十五歳の若さを舐めんなよ。搾り尽くされて空になっても、一晩たてばチャージできるんだよ」

まるで真佐人だけが欲しがっているような言い方をされてムッとした。高坂はくくと笑って、大きな手で真佐人の尻を撫でてくる。その手つきはエロかった。

「やっぱり俺の決断は正しかったな。おまえは一人にしておけない。寂しがりやで愛されたがりでセックスが好きときたもんだ。近くでいつも見張っていないと、優しくしてくれるどこかのだれかにふらふらとついていっちまいそうだ」

「そんなことない！」

人を節操ナシみたいに言わないでほしい。高坂に抱かれるまで童貞だったのに。

「真佐人、俺はここを辞めることになった」

「えっ……会社を辞めるってこと？」

「いや、会社は辞めない。研究職から足を洗う。ここに関わっている限り、おまえと自由に会えないからな。研究に没頭するのが楽しい時期もあったが、いまはもっと別のことがしたいと思っている。ここから出ていこうと決めた」

「それって……俺のせい？」

「真佐人の存在も理由のひとつであるのは確かだ」

難しい言い回しをしなくてもいいのに。さっきはっきりと真佐人に自由に会えないとか、一人にしておけないって言ったくせに。

「だから鶴来のオヤジさんに話をつけて、研究チームを出ることになった。俺としては辞めてもよかったんだが、慰留《いりゅう》された。東京に行きたいと希望を伝えたら東京支社で営業マンをやってみてはどうかと提案されて、それに乗ることにした。俺に営業マンが務まるかどうかはわからないが、とりあえず真佐人の側には行ける。どうだ、いいだろう？」

「いい！　すごくいいね！」

わお、と真佐人は満面の笑顔で高坂に抱きつく。これからはいつでも会えると思うと、嬉しくてたまらない。真佐人のためにそこまでしてくれるなんて、高坂は見かけによらず献身的なタイプだ。世話焼きのところもあるし、ズボラな真佐人にはぴったりの恋人かもしれない。

「嬉しいか?」

「嬉しい! 幸せ!」

「そうか、よしよし」

高坂に頭を撫でられるとうっとりしてしまう。

「おい、俺の前で堂々とイチャつくんじゃない! 勝手に二人の世界作ってひたるな!」

昭良がなにかわめいているが、真佐人は無視した。高坂とくっついているとムラムラとエッチな気分にもなってしまう。さっきから膝に乗っかっているし、真佐人はもうしたくてたまらなくなってきた。

「なあ、まだ帰れないのか? 俺、もう……」

その先は言わなくてもわかるよな? と視線で訴える。苦笑しながら高坂が立ち上がった。抱きついていた真佐人ごと立ち上がったので、首にぶら下がった変な体勢になったが、頑健な高坂はよろめきもしない。「さて」と鶴来に向き直る。

「俺たちは帰る。おまえたちはどうする? 俺は自分の車で来ているから、送っていってやるぞ」

「ちょっと待て、帰るってどこへ帰るつもりだ? そもそも、俺たちってのはだれとだれのことだ?」

昭良がギロッと高坂を睨みつけた。

「なんだ、いちいち説明してやらなきゃならんのか?　俺と真佐人は、俺の家に帰るって言ったんだよ。わかるか?」

キリキリしている昭良を面白がってか、高坂が幼い子供に言い聞かせるような口調で言った。昭良の額にビリッと青い血管が浮く。

「帰るならあんた一人で帰ればいいだろ。俺と真佐人は東京に帰る。あんたの事情はわかった。俺たちの変な思いこみは訂正された。めでたしめでたしで、もういいだろ。ほら、とっとと俺と真佐人を駅まで送っていけ」

「えっ?　嫌だよ、俺」

なに勝手に決めてんの、と真佐人は高坂に体をぐっと押しつけた。やっと会えて話ができて、安心したとたんにその気になってしまって、高坂もその気になってくれたみたいなのに、どうして昭良と帰らなければならないのか。

「東京に帰りたかったら昭良が一人で帰ればいいじゃない。俺は高坂さんとまだ一緒にいる。せっかくスケジュール調整して休みを作ったんだから、もうちょっとゆっくりしていきたい」

「いいから帰るぞ!　こんなケダモノの家に行って、なにをするつもりだ!」

「えっ……なにって、ナニだよね」

「まあな」

高坂に同意を求めたら、笑いながら頷いてくれた。二人で見つめ合って、えへへと照れ笑いする。

「俺の前でイチャつくなって言ってるだろ！　いいかげん、離れろ！　真佐人は俺のものだ！」

わめきながら昭良が突進してきた。密着していた真佐人と高坂の間に、無理やり割って入ろうとする。

「痛い、痛いってば」

「離れろ、離れろ！」

目を吊り上げて本気で怒っている顔に、真佐人は唖然とした。まるでお兄ちゃんを取られたと癇癪《かんしゃく》を起こした子供だ。頼りない兄である自分よりもずっと大人だと思っていたけれど、考えてみればまだ二十三歳だ。大人になり切れていない面だってあるだろう。真佐人が見ようとしていなかっただけで。

「こら、落ち着け、昭良」

どうどう、と馬を宥めるように昭良に声をかけたのは鶴来だ。背後から昭良を抱きしめて、真佐人たちから引き離そうとしてくれる。

「鶴来、離せ、バカ野郎！　あいつ、いっぺんぶん殴ってやらなきゃ気が済まない。俺の真佐人を、俺の……っ」

昭良はますますヒートアップして、目を血走らせてギリギリと歯ぎしりしている。

「おい、弟。真佐人はもうおまえのものじゃないぞ」

「うるせぇ！　自分のものだとでも言いたいのか！」

高坂に噛みつかんばかりに怒鳴ってくる。だが怒鳴られた方は飄々《ひょうひょう》としていた。大人の余裕とはこういうものだと言わんばかりに。

「まあ、そうだ。身も心も俺のものになった。いまのところおまえに返品する予定はないから、諦めろ」

「おまえ～っ！」

昭良が顔を真っ赤にして鶴来の腕の中でじたばたと暴れた。呆れた様子ながら、鶴来は昭良を離すつもりはないらしい。

「鶴来！」

昭良が鶴来を見上げて、高坂を指差し唾を飛ばしながらわめく。

「あんたがやりたいこと、なんでもしてやるから、あいつをぶっ殺せ！」

「魅力的な提案だが、それはちょっとできかねるな」

「あんた強いんだろっ」

「俺以上に高坂は強いんだ。そもそも人殺しはリスクが高すぎる」

そういう問題ではないと思うのだが、鶴来は澄ました顔で答えている。

「人殺し以外の交換条件を出してくれないか。そうしたら、じっくりたっぷり時間をかけて、真佐人くんのことなどどうでもよくなるくらい頭を空っぽにしてあげよう」

「空っぽにしてどうすんだよ、俺の一番は真佐人だ！」

「だが真佐人くんの一番はもう昭良じゃない」

「うるせぇ！」

「いいかげん、認めたらどうだ。君がどれだけ兄に執着しようと、真佐人くんはもう弟離れをしてしまったんだよ」

「うるせぇうるせぇうるせぇ！」

「うるさいのは君の方」

「黙れ！」

こんどは鶴来との口ゲンカになった。激しい暴言を吐いている昭良だが、ここまでなりふり構わず暴れられるということは、相手を信頼している証拠のように思える。二人はいつの間にケンカするほど仲良くなっていたのだろうか。

真佐人はぽかんと口を開けて眺めた。ぎゃあぎゃあと騒ぐ昭良に、あくまでも冷静に受け流す鶴来という、絶妙ともいえるコンビ。なんとなく、二人だけの世界ができあがっているような気がする。二人の間の親密な空気に、真佐人は「ん？」と気づいた。

この二人、もしかして、デキてる——？

ちらりと高坂に視線を移せば、目が合った。おなじようなことを感じ取っていると、その表情からわかる。目と目で会話して、頷き合って、「へぇ、そうなんだ」と改めて昭良たちを眺めた。お似合いの二人に見えてくる。

いったいいつから昭良と鶴来はそういう関係なのだろうか。

そういえば……と、昭良の首に赤い虫さされを見つけたときのことを思い出した。いま思えば、あれはキスマークだ。鶴来と初対面だったあのとき、レストランの隣のビジネスホテルで、昭良は鶴来と関係を持ったのかもしれない。山の中の家で真佐人と高坂がしていたように……。

「とりあえず場所を移そうか」

高坂がため息をついた。「ほら」と視線を振られて、真佐人はそちらを見遣る。半分ガラスになっているドアと壁には、白衣を着た男女が鈴なりになっていた。みんな目をキラキラさせてこちらを眺めている。

「ここの人間たちは娯楽が少ないからな。完全に楽しまれているぞ」

娯楽がないからって……。興味津々の集団のまなざしは、かなり怖かった。

結局、四人はひとまず高坂が住むログハウスに移動することになった。

鶴来を含めて、高坂以外の研究員たちは自家用車での通勤は禁じられているらしい。会社のバスしか移動手段がないので、あの施設は陸の孤島とも言えるだろう。話を聞いて、昭良は「そんな生活、俺だったら一日で気が狂う」と震えた。

「大丈夫だ。昭良は絶対に研究員として採用されない。あそこにいるのは大学院卒以上の経歴の持ち主ばかりだから」

鶴来がさらりとそんなことを言ったので、昭良が不貞腐れた顔になる。

「悪かったな、高卒で」

「なんだ、気にしているのか？　いいじゃないか、高卒でも。腕一本で勝負しているんだと豪語していただろ」

「ああそうだよ、この腕だけで稼いでいるんだよ！」

助手席に座った真佐人は、後部座席の二人のやりとりをはらはらしながら聞いていた。高坂は後ろの様子をまったく気にせず、運転に集中している。街灯が少ない山の夜道は危険だからだろう。

そうこうしているうちにログハウスに着いた。玄関灯だけついた一軒家の中は暗い。高坂が鍵を開けて電気をつけると、暖かい雰囲気の一階が照らされた。

「すぐに火をつけるから、待っててくれ」

東京から戻ってから研究施設の寮に泊まりこんでいたため、家は数日留守だったという。かなり冷え切っている。高坂は黒い薪ストーブの前に屈みこむと、薪をくべて新聞紙を突っこみ、そこに火をつけた。

「部屋が暖まるまで、コーヒーでも淹れよう」

高坂がキッチンへ向かうので、真佐人もついていった。昭良はリビングとダイニング、吹き抜けの部分をぐるりと見渡している。鶴来ははじめてではないらしく、持っていたカバンをダイニングテーブルの椅子に置くと、「コーヒーより酒がいい」と勝手なことを言ってキッチンに入ってきた。真佐人の背後を通り、食器棚の奥に手を突っこんだ。出てきたのはウイスキーの瓶だ。そんなところに洋酒の瓶があるなんて知らなかった。

「こっちの方が体が温まるだろ」

「俺もそれがいい」

昭良が便乗して挙手している。真佐人は高坂と顔を見合わせてしまった。

「鶴来さんって、ここによく遊びに来ているのか?」

「たまに。遊びに来るというより、酒を飲みに来るような感じだな。施設にいると麓が遠くてなかなか飲みに行けないから。真佐人も飲むか?」

「高坂さんは?」

「俺はあとであの二人を送っていくつもりだから飲まない」

「ああ、そっか」

車の運転ができなくなったら鶴来と昭良をここに泊めることになってしまう。

「おまえは飲んでもいいぞ。ただし飲みすぎるな。酔いつぶれて寝ちまったら怒るぞ」

本当にそうなっても高坂は怒らないだろうが、それでは真佐人が嫌だ。

「じゃあ、酔わない程度にちょっとだけもらう。寒いからさ、あったまるくらいに」

マイペースの鶴来はグラスも勝手に出して、昭良が待つリビングのテーブルに並べていた。やることが早い。ここに着く前からそのつもりだったのかもしれない。

「おお、これ結構いいヤツじゃん。美味そう｜」

「生意気だな。若いくせに、酒の味なんかわかるのか？」

「バカにすんなよ、オッサン」

昭良がまたもやムッと睨んだ。鶴来はたぶんわざとそういう言い方をしている。聞き流せばいいのに、昭良はこまめに拾ってはいちいちつっかかっているのだ。つっかかられている鶴来がそっと口元を綻《ほころ》ばせているところを見ると、昭良の生きがいい反応を楽しんでいるようだった。

高坂が冷蔵庫に残っていた食材と缶詰を使って、何品か摘《つま》めそうなものを作る。それをローテーブルに運ぶころには、ストーブの小窓からは赤々とした炎が見えるようになっていて、じわりと家全体が暖かくなってきていた。

「じゃあ、カンパーイ」

いったいなにに乾杯なのかわからないが、昭良が音頭をとり、流れで立派な飲み会となった。三個のグラスにウイスキーが注がれる。真佐人はあまり強くないので水割りにしたが、昭良と鶴来の二人はストレートで飲んだ。高坂はコーヒーだ。

「みんなで飲んでいたら、あっという間になくなりそうだな。ほかに酒はないのか？」

鶴来が高坂にねだったが、「ない」とそっけない。

「どこかに隠しているだろう。とっとと出せよ」

「あったとしても出さない。俺ははやく真佐人を抱きたいんだ。酒がなくなったら帰れ。送っていく」

「こ、高坂さん……っ」

なにもそんなに堂々とセックスします宣言をしなくても。それだけ真佐人を欲しがってくれているわけで、嬉しいやら恥ずかしいやら――。

「おい、高坂のオッサン……」

昭良の表情が険しくなっている。ちょっと酔いはじめているせいか、目つきが凶暴だった。

「よくも俺の前で堂々とそんなことが言えるな。真佐人は俺のものだって言っただろ！」

「あのな、真佐人は物じゃない。俺のものだとか、おまえのものだとか、取り合いする以前の問題だ。ブラコンもいいかげんにしないと、お兄ちゃんに嫌われるぞ」

「きさまっ」

高坂のからかう口調に昭良がカッと顔を赤らめて立ち上がった。鶴来が反応よく昭良の腰を捕まえて座らせる。

「ほら、どうどう」

「俺は馬じゃない！」

「だったらヒヒーンて嘶《いなな》くのはやめなさい」

「嘶いてない！」

昭良は悔しそうに唇を噛んで鶴来を睨みつけている。ローテーブルの下にあったティッシュの箱から、鶴来が何枚か抜いた。それを昭良の目元にそっと当てる。

「泣きたかったら泣けばいい。いまなら酔っ払いの戯言《たわごと》で済むぞ」

「泣いてない！」

「じゃあ、目が潤んでいるのはなんだ。心の汗か？」

「うるさいっ」

昭良が鶴来の手を叩き落とした。ティッシュがふわりと床に落ちる。手を叩かれたのに、鶴来は怒らない。静かに昭良を見つめていた。

「真佐人は俺だけの真佐人だったのに、俺だけの――ずっとそのつもりで守ってきたんだ。

十八年もの間、俺には真佐人だけだった。どんなにガードしても真佐人はモテるから、俺は必死で追い払ってきたのに、いまさらこんな熊男にかっ攫われるなんて！」

鶴来に訴えるようにわめく昭良を、真佐人は高坂の横で唖然と眺めた。いつ真佐人がモテたというのか。昭良の方こそモテていたのに、なにかの勘違いだとしか思えない。

「真佐人に真珠を入れたのだって、変な虫がつかないようにっていう俺なりの策だった。真佐人のアレをかわいがってやれるのは俺だけでいいと思っていたのに！」

「えっ、おいちょっと昭良！」

どうして喋っちゃうんだ、そんなこと。高坂はもうとっくに知っているが、鶴来は当然知らないのに。

うろたえる真佐人を見る鶴来の目が、メガネの奥でキラリと光る。

「真珠？　君って真珠が入っているのか？」

「あ、え、その……」

鶴来の視線があからさまに真佐人の股間へと注がれる。まるで丸裸にされたような羞恥が襲ってきて、真佐人は高坂にすがりついた。高坂が守るようにして抱き寄せてくれて、たくましい胸にもたれかかるとホッとする。

「おい、真佐人をいやらしい目で見るな」

「真珠って本当なのか？　そんなかわいい顔をしておいて、真珠？」

「んー……まあ、それは本当だ」

渋々ながらも高坂が肯定してしまう。答えないと鶴来の追及がおさまらないと考えたのかもしれない。だが鶴来の視線はますます鋭く強く真佐人の股間に注がれる。

「それはぜひ一度見てみたい」

「嫌だ！」

考えるまでもなく、真佐人は全力で拒絶した。と同時に昭良が鶴来の耳にがぶっと嚙みつく。「痛いぞ」と鶴来が抗議しても離さなかった。どうやら空きっ腹にアルコールを入れた昭良は完全に酔っ払っているらしい。

「真佐人の真珠を見て触ってかわいがっていいのは俺だけだ！　高坂も鶴来もダメ！」

「おまえ一人で独占するのはズルイだろ。見るだけなら減るもんじゃなし」

「減る！　絶対に減る！」

「減らない」

「減るんだよ！」

殴りかかろうとする昭良を、鶴来がいとも簡単に押さえこむ。悔しそうに歯嚙みする昭良を、鶴来は笑って見下ろしていた。

「おい、高坂。昭良はな、真珠は入っていないが乳首にピアスをしているんだ。これがなかなか敏感でかわいい。いい声で鳴く」

「そんなこと言うな！」

「どうして。かわいいペットの自慢は、飼い主の特権だろう？」

「俺はあんたのペットじゃねぇよ。気色の悪いこと言うな！」

両手をつかまれてソファに押さえこまれている昭良は拘束から逃れようともがいたが、かなわない。よほど的確に力を入れているのか、鶴来は平気な顔でふふんと鼻で笑っている。

「ブランクがあった分、しつけのやり直しが必要なようだな」

「近寄るな！」

鶴来が昭良にゆっくりと顔を近づけていく。唇を重ねようとする鶴来に、昭良は必死で顔を左右に振って抵抗した。真佐人よりもずっと経験豊富な昭良だが、それでも鶴来の方が一枚も二枚も上手らしい。ついに逃げ切れずに、昭良は唇を捕えられた。

「んーっ！」

くぐもった声が聞こえたが、重なった唇の動きから、鶴来が激しく舌を使っているのがわかる。いったいどんなテクニックが駆使されているのか——やがて昭良の抵抗が弱まり、目元がほんのりと朱色に染まった。

鶴来が昭良の上に伸しかかるようにしたので、ずるずると体がソファに横たわる形になる。

昭良の足の間に鶴来が腰を入れて、太腿で昭良の股間をぐいっと押したのが見えた。

「んんっ」

官能の響きがたっぷりと含まれた、昭良の呻き。ぐいぐいと股間を刺激されて、もう衣服の下ではそこが熱くなっていることだろう。

昭良の様子がどんどん艶めいたものになっていく。真佐人は啞然としながら見ていた。

昭良がいろいろな人と経験しているのは知っていた真佐人だが、その現場を目の当たりにしたことはない。昭良はおそらく意識的に、自分の下半身関係の人間を真佐人に会わせないようにしていた。

「んっ、んっ、んっ……」

昭良の甘い鼻声なんてはじめて聞いた。キスをしながら鶴来は昭良の服の中に手を入れ、胸のあたりをまさぐっている。乳首のピアスを弄っているのかもしれない。昭良の背中がときおりびくびくと震えた。

鶴来の手が、ゆっくりと昭良の服をはがしていく。弟の体なんて、もう何度も、数え切れないほど見てきた。風呂上がりだとかプールだとか楽屋での着替えだとか。それなのに、鶴来に脱がされていく昭良の上半身は、なんだか別物のように妖艶《ようえん》に見えた。細いけれどうっすらと筋肉がついた昭良の体は、鶴来の下で淫らに腰をくねらせる。

「あうっ……」

両乳首には輪っかのピアスが光っていた。見慣れたそれだが、小さなはずの乳首が赤く腫れているのが卑猥だ。輪に指をひっかけて、鶴来が軽く引っ張る。

「んっ……んん……」

昭良が切なそうに顔をしかめて腰を揺らした。下半身はまだ脱がされていない。だがその部分が窮屈そうに盛り上がっているのが見て取れた。昭良のペニスなら、裸とおなじ回数くらいは見ている。けれど勃起した状態は目にしたことがなかった。昭良のそこが、いったいどんなふうに猛っているのか……真佐人はすごく気になっている自分に動揺した。

「……高坂さん、二階へ行こう」

昭良と鶴来がこのままセックスになだれこむのを観賞するなんて、倫理的にいけないと思うのだ。それに、なんだか真佐人の体も熱くなってきている。昭良たちから視線を逸らし、高坂の側から離れようとすると、腰を抱きとめられて座り直させられた。

「待て。面白いから見てやろうじゃないか」

高坂は言葉通り、くくくと笑って面白がっている。

「おまえの弟が鶴来にどんなふうに料理されるのか、すごく興味がある」

「俺は見たくない。昭良が、あんな……」

真佐人は顔を背けた。弟が男に喘がされて悶えている様子なんて、つぶさに見たいものではない。別人のように淫らになっている昭良を、きれいだと思ってしまう自分に困惑もしている。

「ほら、昭良はこうされるのが好きなんだよな?」

鶴来が囁くと同時に、昭良が「あぅっ」と嬌声《きょうせい》を上げた。目を逸らしていたが、つい真佐人は振り向いてしまう。いつの間にか昭良は下半身もほとんど脱がされていて、勃ち上がったペニスを鶴来に握られていた。赤く膨張した亀頭の先端に爪を立てられて、痛そうなのにたまらないといった感じで震えている。

「ああ、あっ、ちくしょ……くそっ……」

「よしよし」

「やめ……、それ、やめろっ、あぅっ」

「強がらなくてもいいんだぞ。ここをこうされると気持ちいいんだろう。こいつはちょっと痛いくらいがいいみたいだ。かわいいだろ?」

問いは高坂に対してで、聞かれた方は「そうだな」と頷いている。真佐人はカチンときた。

恋人を抱き寄せておきながら、別の男をかわいいと思うなんてふざけている。昭良は確かにかわいく喘いでいるけれど。

「高坂さん、こっちを見ろ」

もう昭良を見せたくない。真佐人は高坂の顔を両手で挟むと自分に向けさせ、視界を塞ぐために膝に乗り上げてくちづけた。

愛しい男の関心を自分に引き戻すために、真佐人は覚えたばかりの舌の動きでもって、高坂の口腔を一生懸命に蹂躙《じゅうりん》する。メロメロにしてやる、という男気とともに舌を使ったが、高坂の舌を舐めて味わってぬるぬると擦り合っているうちに、腰の奥が疼くように熱くなってきた。すぐに真佐人の方が夢中になってしまう。自覚のないままに腰を振って、高坂の股間に擦りつけるようなはしたないこともしていた。

「あ、あんっ」

ちいさな尻を高坂の大きな手で鷲摑みにされる。ぐにぐにと揉まれて、思わず声が漏れた。

「真佐人、揉まれると気持ちいいのか?」

「ん、うん、気持ち、いい……」

低音ボイスで囁かれると、もうなんでも好きにして、と体の芯まで蕩けてしまいそうになる。尻を揉んでいた手が谷間を悪戯するように擦った。布の上から曖昧な刺激を受けて、真佐人のそこが蠢きはじめる。開発されたばかりのそこが、もっと直接的な愛撫をほしがって緩んでいく。

「こっちはどうだ?」

「あうっ」

後ろから前へと高坂の手が移動し、膨らみかけている部分をつかまれた。揺すり上げるようにして袋ごとてのひらで揉まれ、一気に充血してしまう。

「よし、元気だな」

ふざけた感想につっこむ余裕もなく、真佐人は顎を反らして喘いだ。頰から首筋にかけて、高坂がキスをしてくれる。整髪料で整えてあった高坂の髪を、真佐人の両手が乱した。

「あっ、ん、高坂…さ、あんっ」

きつい。ペニスが痛い。早く服の下から出してほしい。ねだるように高坂の固い腹部に股間を押しつける。高坂がふっと笑った。

「いいのか？　ここで出すと、鶴来に見られるぞ」

すっかり自分の欲望でいっぱいになっていて、ローテーブルを挟んだ距離に昭良と鶴来がいることを忘れていた。ちらりと振り返ると、体の下で昭良を悶えさせながら、鶴来がこちらを見て笑っている。

「いまから二階へ行くか？」

いますぐに続きをしてほしいのに、わざわざ二階へ移動して高坂のベッドに行く……？　階段に目をやると、二階への距離がとてつもなく遠く感じた。

「……高坂さんは、どうしたい？」

「俺は別にどこでもいい。まあ、ちょっとだけ、かわいいおまえを鶴来に見せびらかしたい気持ちはあるが」

「えっ……！……」

「それに、真佐人は完全に俺の恋人になったんだと、昭良に理解させたいとも思う」

真佐人がもう一度振り返ると、昭良が快楽に潤んだ目をこちらに向けていた。鶴来に愛撫された高ぶりながら、熱っぽい目で真佐人を見ている。

「真佐人、まだ言っていなかったな。俺はおまえが好きだ」

「高坂さん……」

鼻が触れ合う距離で、高坂のワイルドな顔が微笑んでいる。ひげがない、つるりとした頬に、真佐人は頬ずりした。無精ひげが生えた、ざらつく感触が懐かしい。明日の朝になっていれば、すこしはざらざらするだろう。

「俺も、好き」

きちんと目を見て、真佐人は真摯に告げた。たとえシチュエーションが常軌《じょうき》を逸《い》していても、想いは本物だ。

「好きだよ。たぶん、愛してる……」

生まれてはじめて、愛という言葉を口にした。高坂は一瞬、目を瞠り、滲むような微笑を浮かべる。

「俺もだ。愛してるよ」

誓いの儀式のように、そっと唇を重ねる。触れた唇から、温かな想いが流れこんでくるようだった。そのまま深いくちづけになっていく。舌を絡め合って夢見心地になっている真佐人から、衣服がはがされていった。

「ほら、これが真佐人の真珠だ」

気がつくと全裸で足を広げさせられていた。幼児が小用を足すような格好に固定されて、鶴来の視線に晒される。勃ち上がった真佐人のペニスはきれいなピンク色だが、亀頭の下と幹の部分にいくつも丸い異物が埋めこまれていた。昔は本当に真珠を埋めこんだそうが、いまはシリコンのボールがほとんどらしい。真佐人もそうだ。

「へえ、なかなか卑猥だな。はじめて実物を見た」

鶴来が昭良に覆い被さったまま真佐人の股間を凝視している。昭良も見ていた。高坂にM字開脚させられて、鶴来と昭良に見られている——そんな状況に、真佐人は羞恥と同時に不思議な高揚も感じていた。

「ああ……っ、もう、見るなよぅ……」

震える声で拒むけれど、高坂に屹立を撫でられたら腰砕けになってしまう。

「見るなだって？　こんなにもだらだらとこぼして興奮しているのに？　もっと見てくれの間違いじゃないのか？」

高坂に揶揄されて、真佐人は涙目になる。露出趣味はなかったはずなのに、いったいこの体はどうしたのかと、動揺した。

「ここをこうすると、真佐人は喜ぶ」

亀頭の下の真珠を指でこりっと転がされ、真佐人は腰を跳ね上げた。

「あうっ、あっ、ダメ、それダメッ」

「いいの間違いだろ。ほら、もっと弄ってやる」

さらにこりこりと嬲られて、またたく間に射精感が高まってしまう。

「あうっ、あっ、あっ、やだ、やっ、いく、いっちゃう、それ、ああっ」

「まだ早い。いくな」

高坂が苦笑しながら手を止めてしまった。あとすこしでいけたのに、高坂は意地悪だ。薄い胸を喘がせて、真佐人はさっきから尻に当たっている固いものを後ろ手に探った。高坂はまだ着衣のままだったが、股間はとうに熱くなっている。よく平然とした顔をしていられるなと感心するくらいに、かなりの充溢感だ。

「入れてほしいのか?」

そんな意地悪なことを聞かれて、真佐人は口ごもる。

「おまえの弟はもう開き直ったみたいだぞ」

見てみろと促されて、真佐人は顔を上げた。いままさに、昭良が正常位で鶴来に貫かれるところだった。広げられた昭良の両足の間に、鶴来のペニスがあてがわれている。高坂のものよりもすこし細いが、長かった。先端からゆっくりと昭良の中に消えていく光景は、衝撃的だった。

「あ……、う、うっ、んんっ」

昭良が胸のピアスを揺らして喘いでいる。眉間に皺を寄せて悩ましげな表情になっていたが、昭良のペニスはまったく萎えていない。むしろいまにもいきそうなほどになっていた。長いペニスがすべて昭良の中に消える。臍《へそ》の下あたりまで達しているのではないだろうか。

「あ、あっ……苦し……」

「嘘をつくな。おまえの中は喜んでうねっているぞ」

鶴来によってゆさゆさと揺さぶられ、昭良は白い喉をのけ反らせた。

「ああっ、ああっ、あぅっ」

「いいか？　いいんだろう？」

「あっ、う……っ、いい、いいっ」

「ほら、おまえの大好きな真佐人が見ているぞ。尻に入れられて喜んでいる姿を、こんな近くで見ている」

鶴来に囁かれて、朦朧《もうろう》としていた昭良の目が真佐人に焦点を合わせる。視線が合ったとたん、昭良の反応が激しくなった。みずから腰を振って、すすり泣くような声を漏らす。

「ああ、真佐人、真佐人…っ」

「昭良……」

まるで助けを求めるように昭良が手を伸ばしてくる。真佐人はつい身を乗り出して、ローテーブルに手をついた。無意識のうちに高坂に尻を突きだすような格好になっていた。

「あんっ」

尻の谷間にぬるりとしたものを感じて、真佐人は背筋を震わせる。振り返ると高坂がそこに顔を埋めていた。舐められている。あそこを、高坂の舌で。

舐められるのははじめてではないが、感じすぎて怖い。

「やだ、高坂さ、んっ、それ、やだっ」

唾液で濡らされたそこに、指がぐっと挿入された。太くて長い指が粘膜を弄ってくる。さらに舌で舐め尽くされて、真佐人はあんあんと声を上げながら尻を振った。すぐに、そこにもっと大きくて太くて固いものを入れてほしくなる。いま昭良が目の前でされているように、思い切り突き上げてほしいと思ってしまう。

「ああ、ああ、ああ、ああ、いい、いいっ、もっと………っ」

昭良が鶴来にねだると、さらに動きは激しくなった。ソファが悲鳴を上げる。

目をとろんとさせた昭良は、本当に気持ちよさそうだ。突き上げに合わせて揺れている屹立からは、だらだらと白濁した体液がこぼれている。もういっているのかもしれない。絶頂に達しながらも突かれ続けているとしたら、昭良はどれほどの快感を味わっているのか。想像すると、高坂に弄られているそこが一気に柔らかく解けて、誘うように開いてしまう。

「真佐人、そんなに急かすな。いま入れてやるから」

笑い混じりでそんなふうに言われ、真佐人は顔が熱くなった。

ぬるりと指が出ていき、窄まりを押し広げるようにして、背後から高坂が入ってくる。

「あ……あっ、んんっ………」

テーブルについた手を小刻みに震わせ、真佐人はその衝撃に耐えた。広げられて異物を挿入される違和感は、まだなくならない。けれどこの剛直で粘膜を擦られると、やがて蕩けそうな快感がわき起こってくることはもう知っていた。

「真佐人……」

昭良がローテーブルの上に身を乗り出して、上体を近づけてきた。下半身を鶴来に委ねたまま、蕩けた目で見つめてくる。

「高坂に……入れられてる……のか？　入ってる？」

「は、入って…る」

どうしてこんな質問に律儀に答えているのか、真佐人自身にもわからない。ぐっと根元まで挿入されて、「あんっ」と甘い声をこぼした瞬間の顔も、昭良に見られた。

「どんな感じ？　真佐人、高坂は……どんな感じなんだ？」

「………おおきい………」

ああ、と悶えて、じっとして動かない高坂をきゅっと締めつける。

「苦しくて……きつい………。でも、いい………」

「いいんだ？　そいつに入れられて、真佐人はいいんだな……。俺もやりたかったのに。ずっと、真佐人を抱きたいって思っていたのに………」

まさか昭良がそんなことを考えていたなんて、真佐人はいまのいままで知らなかった。

「おいこら、どさくさにまぎれて告るなよ。血は繋がっていなくても兄弟だろ、おまえたち」

「躾《しつけ》が悪くてすまないな、高坂」

「まったくだ」

ぐんと腰を突き上げられて、真佐人は息を呑む。ずるりと引き出され、また強く突かれた。すぐに激しく揺さぶられはじめ、熱い快感が真佐人のすべてを支配する。

「あーっ、あっ、ああっ！」

「くっ、いいな……。真佐人はやっぱり最高だ。すごくいい……」

朦朧としながらも、高坂の感じている声が聞こえてきて嬉しい。精神的な喜びと、粘膜を抉られる心地好さになにもわからなくなりそうだった。視界が霞《かす》みがかったようになり、近くにいるはずの昭良がよく見えなくなる。怖い。このままどこかへ飛んでいってしまいそうな浮遊感に、どこにいるのと、手を伸ばした。

「昭良、昭良……っ」

「真佐人……」

きゅっと手を握られた。この手の感触は昭良だ。ああ、ここにいるんだと安心したとたん、後ろへ引き戻された。手が離れてしまう。繋がったまま持ち上げられて、大きな体に抱きこ

まれる。背面座位にされた衝撃で、脳天まで快感が突きぬけた。

「あぁー…………っ！」

声も出ないほどの官能にびくびくと震えている真佐人を、高坂はさらに激しく責めてきた。真珠のペニスを指で扱かれながら、ピンと尖って赤く色づいている乳首を指先で摘まれる。同時に下から突かれて「ひぃ」と悲鳴に似た嬌声とともに欲望が弾けた。全身を痙攣させながら、真佐人は体液を撒き散らす。一瞬、気が遠くなるほどの絶頂感だった。

だが高坂はまだ終わっていない。休むことなく粘膜を抉られて、真佐人はよすぎて涙がこぼれる。

「も、もう、やめ……っ、ああっ、あっ、おかしくなっ……ちゃう……っ」

「ダメだ。まだ当分は終わらせてやらないぞ。これはおしおきだ」

不穏な響きを含んだ「おしおき」という言葉に、真佐人はぞくぞくとした甘い戦慄《せんりつ》に包まれる。

「おとなしくしていろと言ったのにこんなところまで来て、また山で迷った」

「ご、ごめ、なさ……っ」

「俺を疑った」

「もう、信じて、信じてるからぁ」

「おまえの相手は俺だ。兄弟で仲良くしすぎるな」

「ごめん……っ。あっ、あ、あぅっ……」

「ブラコンもいいが、いきすぎると許さない。おまえの体をかわいがっていいのは、俺だけだ。二度と昭良には真珠を触らせるなよ」

耳元で恫喝《どうかつ》されて、真佐人は泣きながら頷くことしかできない。苦痛と紙一重の快楽を与え続けられて、また真佐人は声もなく達した。意識が飛んでいきそうな快感だったのに、真珠のペニスからはたらたらと少ない体液がこぼれるだけで射精したという実感はなかった。

「ドライでいったか？　かわいいな……」

「あ………う………っ」

まともに受け答えもできない。

「おまえの中、吸いつくみたいに動いてすごいぞ」

掠れた声で満足そうに囁かれても、真佐人は自分の体がどうなっているのかなんてわからなかった。ただぎゅっと抱きしめられたと同時に、奥の方で熱いものが迸ったことだけはわかった。満たされていく感じが好き。余韻に震えている真佐人のうなじに、高坂がたくさんのキスを落としてくれる。

「……だ、出した……？」

「出した。おまえの中に、全部出した」

嬉しい――と、吐息のように想いを告げる。萎えかけていた高坂がぐっと力を取り戻した。

「えっ……」

ぼうっとしていた頭が急にはっきりして、真佐人は慌てて離れようとした。だが体はまだ回復していなくて手足に力が入らない。もがいているうちに、体内の高坂はどんどん力を増していく。胴体をホールドしている高坂の腕がびくともしないところから、このまま続行する意思がある――というか、決定事項だとでもいわんばかりの態度に、真佐人は焦った。

「ちょっ、休ませてくれよ、なあ」

「中出しされて嬉しいなんて言われて終わりにできるほど、俺はまだ枯れちゃいないぞ」

「だって、もう無理、休憩したい」

「なんだ、喜ばせておいて。嘘だったのか？」

「嘘じゃないけど……」

「だったらいいだろ。何回でも中出ししてやるよ」

言うやいなや、高坂がぐるりと真佐人の体勢を変えて、ソファに押し倒してきた。正面から伸しかかってきた大きな体を、真佐人は押し返すことはできない。なにしろ体格差がありすぎるし、手足は脱力してくにゃくにゃだ。そのくにゃくにゃの足を折り畳まれて広げられて、中をぐちゃぐちゃにかき混ぜられた。それがたまらなく気持ちいいと感じてしまうのだから、男として終わっている――。

「ああ、ああ、ああ、高坂さ、ああっ」

びくびくと腰を跳ね上げさせながら、真佐人はちいさな絶頂を繰り返した。神経がおかしくなってしまったのか、どこをどう弄られても快感としか思えなくなっている。

「乳首がそんなにいいのか？」

「い、いい、いいっ」

「昭良みたいにピアスしてみるか？　もっと感じるようになるかもな」

「して、して」

乳首を指で執拗《しつよう》に弄られて、真佐人は泣きながら頷いた。ローテーブルの向こう側で、鶴来がいきすぎて勃ちが悪くなった昭良のペニスをつかみ、「じゃあ、こいつには……」と笑う。

「真珠を入れようか。兄弟でおそろいにしてやろう」

「やだ、やめろ……っ」

鶴来の下で昭良が弱々しく抗議をするが、真佐人と同様に目が虚《うつ》ろだ。

「人前で脱げなくなる？　大丈夫、俺が死ぬまでかわいがってやるよ」

「どうして、俺が……おまえなんか……」

「これだけ感じておいて、いきまくって、俺のことが嫌いだと言いたいわけか？　素直じゃないな」

鶴来は楽しそうに笑いながら、繋がったままの昭良にキスをしたその様子をついぼんやり眺めていた真佐人は、「おい、あっちを気にするな」と高坂に顎を取られて半ば無理やり目を合わせられた。

「あいつは鶴来が念入りにかわいがってやっているから、放っておけ。おまえは俺だけを見ていればいい」

「あんっ」

また乳首を弄られる。指の腹で押しつぶすようにされると、腰の奥が痺れたように熱くなった。もうキリがない。

「あ、んっ、高坂さ……っ」

「康行って呼べよ、真佐人」

「康、行、康行ぃ」

両手を伸ばしてたくましい肩にしがみつく。キスをねだると、すぐに唇が降ってきた。もう馴染んでしまった高坂の舌。口腔で触れ合っていると安心するなんて、ほんの一カ月前の真佐人からは信じられない変化だろう。

でも悪いことじゃないと思う。きっといまの真佐人なら、どんな愛の曲でも弾けるだろう。ただ、幸せすぎて、悲恋の曲はとうぶん弾けそうにないな——と、頭の隅っこでちょっとだけ思ったのだった。

◇

会場が一体となって、巨大スクリーンに映し出された数字を読み上げる。

「五、四、三……」

ステージ上のミュージシャンたちも声をそろえた。

「二、一！」

パーンとバカでかいクラッカーが破裂して、金色のテープが会場中に降り注いだ。

「ハッピーニューイヤー！　明けましておめでとー！」

司会進行役の昭良がマイクに叫ぶ。バックにいたドラマーがどかどかとタイコを叩き、ギタリストはエレキギターをぎゅるぎゅるとかき鳴らした。真佐人はグランドピアノの鍵盤を、端から端まで指でぐわっとなぞった。

「おめでとー！」

「明けましておめでとー！」

年が明けただけでこれだけ盛り上がれるってのはすごい。客たちは知り合いでもないだろうに、周り中とハグをしてハイタッチをしてげらげらと笑っていた。

年をまたいだカウントダウンコンサートに参加することになったのは、ほんの一週間前。昭良が親しくしているロックバンドのリーダーに誘われたからだ。クリスマス直前から年末までディナーショーの予定は入っていたが、大晦日は空いていた。昭良は真佐人に相談もせずに話を受けてしまい、急遽《きゆうきよ》参加することになったのだ。

昭良はバイオリンひとつでいいが、真佐人にはピアノが必要になる。それからピアノの調達から調律師の手配まで、主催者側はわりと大変だったようだ。だがこうしてコンサートは成功した。

興奮が落ち着かないうちに何曲か演奏して、「みんな、気をつけて帰ってねー！」という昭良の別れの言葉で終了となった。

汗だくになってステージから下り、真佐人と昭良は控室へと向かう。すると通路の途中にスーツ姿の長身の男が二人、立っていた。高坂と鶴来だ。

来ると聞いていたから、真佐人は特に驚かなかった。会えて嬉しいと胸が躍る。だが、横を歩いていた昭良がムッとしたのがわかった。

「なんだよ、そっちもカウントダウンパーティーなんじゃなかったのか」

「顔だけ出してこっちに来ると伝えてあっただろう」

昭良の文句に応えるのは鶴来。昭良はふんとそっぽを向いて控室に入っていく。鶴来はそのあとを追っていった。

真佐人は高坂の前に立ち、「ひさしぶり」と笑顔を浮かべる。クリスマスの夜に会って以来だった。真佐人と昭良は仕事が忙しく、高坂は異動にともなう雑事があったらしく、お互いにスケジュールが合わなかったのだ。

「元気だったか——と、聞くまでもないか。素晴らしいステージだったな。最後の方をちらっと聴いただけだが」

「いつか、最初から最後まで聴いてよ」

「もちろん、こっちに引っ越してきたらそうさせてもらうつもりだ」

高坂が自然な動きで真佐人の腰に腕を回してくる。通路には他にもスタッフがたくさんいて、後片付けのために慌ただしく走り回っていたが、真佐人は気にしない。高坂も真佐人しか目に入っていないようだ。

「真佐人」

「うん」

「仕事納めの日にギリギリで部屋を契約してきた。年が明けたらすぐにこっちに移り住む」

「あ、部屋を決めたんだ?」

「一緒に暮らさないか」

えっ、と真佐人はびっくりして動きを止めた。冗談ではない証拠に、高坂の目は真剣だった。一緒に暮らす——高坂と二人で——? 中央アルプスの山中から東京に引っ越してきてくれるだけでも嬉しいと思っていた。これでいつでも会いたいときに会えるから。

「え、でも、俺………」

「できればすぐにでも昭良との同居は解消してほしいところだが、おまえにもいろいろと都合はあるだろう。すこしは待つ」

「すこしなんだ……」

ログハウスで淫らな夜をすごしたのは半月前。以来、ふたたびあんな事態にはなっていないが、高坂は昭良を要注意人物と断定したようで、真佐人から引き離そうと考えはじめたらしい。昭良をそんなに警戒しなくてもいいのにと、真佐人が楽観視しているのも気に食わないようだ。

だって昭良にはもう鶴来がいる。鶴来がしょっちゅう東京に来ているのを、真佐人は昭良の様子から察していた。だが高坂にとって、鶴来の存在は昭良の抑止力にはなっていないのだろう。

「じつはマンションを買った」

「えっ、買ったの？」

「おまえが好きなときに練習できるよう、一部屋を防音にするつもりだ。だから安心して越して来い」

自信満々で高坂が胸を張る。性急な展開にあっけにとられる真佐人だが、断る理由はひとつもなかった。はじめての恋人と、はじめての同棲生活なんて——わくわくしてくる。

「……………もしかして、これってプロポーズ？」

からかうつもりでそう言ったら、高坂は「そうだな」と肯定した。

「プロポーズにしては場所にムードがなかったな。すまない」

「俺たちには最初からムードなんてないよ」

真佐人が笑ったら、高坂もくくくと笑った。

「婚約指輪にはダイヤじゃなくて真珠を選ぼうか」

「サイテー」

さすがにムッとしたら、高坂が「かわいい」なんてデレたことを言って頬にキスをしてきた。

それがあまりにもさり気ない仕草すぎて、腹がたつ。経験豊富みたいで、はじめてをいろいろと捧げてしまった真佐人には悔しいことだらけだ。

「えいっ」

真佐人は高坂の首に飛びついた。そのままキスをする。熱烈なヤツをお見舞いしてやる、と意気ごんだが、結局は返り打ちにあってしまい、真佐人は腰砕けにされた。

「おい、そんなところでなにやってんだよ！」

控室のドアが開いて、出てきた昭良が目を吊り上げて怒鳴った。後ろから鶴来も出てきて、ニヤニヤと笑っている。

「なかなか入ってこないと思ったら、おまえら……」

「ひさしぶりに会った恋人同士が愛を確かめ合ってなにが悪い」

「開き直るな、このエロおやじが！　真佐人を汚すな！」

昭良が騒いだせいで余計に注目を浴びることになってしまったが、高坂に抱きこまれて濃厚なくちづけで腰砕けにされてしまった真佐人は、ただうっとりと愛する男の胸にもたれかかっているのだった。

おわり

あとがき

こんにちは、またははじめまして、名倉和希です。今回は拙作「きのこの谷の、その向こう」を手にとってくださって、ありがとうございます。シャレード文庫では二冊目になります。楽しんでいただけたでしょうか？

さて、この話……私は主人公・真佐人の下半身事情を書きたくて書きたくて——書いてしまいました。ネコに真珠って面白い！　という、単純な発想です。ブタに真珠じゃありませんよ。ネコに真珠です。ええ、ネコに真珠……。何度も繰り返して言いますが。

そんなわけで、外見はそこそこでモテそうなのに真珠が入っているためにＤＴという男の異様さを、広い心で受け止めて愛してくれる男として、高坂が登場したわけです。この二人は、まあ、お似合いなんじゃないでしょうか。二人は同棲をはじめて、なんだかんだ小さな諍いをしつつも、仲良く暮らしていきそうです。

問題は弟の昭良の方ですよ。鶴来は一筋縄ではいきませんから、昭良は苦労しそう。

気軽な恋愛遊戯しか経験がなかった昭良は、鶴来の執着っぷりにビビり、まず逃げるでしょう。それでもウザいほどに愛される悦びというものをじわじわと知っていって、逃げるそぶりをしつつも捕獲されてたっぷりと抱かれて満足——ということを繰り返すかも。

鶴来は最初からブレず、若干Sなので、弄り甲斐のある昭良をひたすらに愛して追いかけると思います。微笑みながら。怖いし。

今回のイラストは小山田あみ先生にお願いしました。お忙しいところを引き受けてくださってありがとうございました。とってもワイルドで頼もしい高坂と可愛らしい真佐人、生意気そうな昭良とイケメン眼鏡の鶴来、みんな素晴らしい！　高坂と鶴来のカッコよさに、私は悶絶しそうになりました。これだからＢＬを書くのをやめられないんですよ。ふふふ。楽しいです。

これからも名倉はあちらこちらでＢＬを書き続けていくつもりなので、見かけましたらまたお手にとってみてください。

それでは、またどこかで。

花粉の季節に　　　　名倉和希

名倉和希先生、小山田あみ先生へのお便り、
本作品に関するご意見、ご感想などは
〒101-8405
東京都千代田区三崎町2-18-11
二見書房　シャレード文庫
「きのこの谷の、その向こう」係まで。

本作品は書き下ろしです

CHARADE BUNKO

きのこの谷《たに》の、その向《む》こう

【著者】名倉和希《なくらわき》

【発行所】株式会社二見書房
東京都千代田区三崎町2-18-11
電話　03(3515)2311[営業]
　　　03(3515)2314[編集]
振替　00170-4-2639
【印刷】株式会社堀内印刷所
【製本】ナショナル製本協同組合

落丁・乱丁本はお取り替えいたします。
定価は、カバーに表示してあります。

ISBN978-4-576-15036-9

http://charade.futami.co.jp/

CHARADE BUNKO

スタイリッシュ&スウィートな男たちの恋満載

松雪奈々の本

鬼瓦からこんにちは

本気で求めたら逃げるか。それとも、共にいてくれるか。

イラスト＝小椋ムク

大学生になったばかりの陽太は、ひょんなことから三人の「鬼」と生活することに。彼らは陽太の家の鬼瓦に封印されていたらしい。陽太には鬼の力を増幅させる精気があるのだと言われ、迫られた陽太は大我という鬼に抱かれてしまう。さらに精気を強めるという理由のもと、毎日大我に体を馴らされていくが…。